Abendländer

Richard Ford
Abendländer

Eine Novelle

Aus dem Amerikanischen

von Fredeke Arnim

Berlin Verlag

Die Originalausgabe erschien 1997 unter dem Titel
Occidentals
bei Alfred A. Knopf, New York

Umschlaggestaltung: Nina Rothfos und Patrick Gabler, Hamburg
Gesetzt aus der Minion
Druck und Bindung: Franz Spiegel Buch GmbH, Ulm
Printed in Germany 1998
ISBN 3-8270-0062-9

Gedruckt auf chlor- und säurefreiem Papier

1 2 3 4 5 02 01 00 99 98

Kristina

Charley Matthews und Helen Carmichael waren in der Woche vor Weihnachten nach Paris gekommen. Damals, noch in Ohio, als sie aufgeregt Pläne für ihre Reise geschmiedet hatten, wollten sie nur zwei Tage bleiben – gerade lang genug, damit sich Charley (der seinen ersten Roman veröffentlicht hatte) mit seinem französischen Verleger zum Lunch verabreden konnte, sie beide noch ein Museum besuchen, ein paarmal unvergleichlich gut essen gehen konnten und vielleicht noch ins Ballett, bevor es dann nach England weiterging, wo Matthews Oxford besuchen wollte, jene Universität, zu der er vor fünfzehn Jahren beinahe zugelassen worden wäre. (Im letzten Augenblick hatte man ihn jedoch abgelehnt, und er hatte statt dessen an der Purdue seinen Doktor gemacht, einer Universität, für die er sich immer geschämt hatte.)

In Paris lief es allerdings etwas anders, als sie es sich vorgestellt hatten.

Erstens war das Wetter, das in der Zeitung in Ohio als kühl, aber trocken, nachmittags dann mild und sonnig angekündigt worden war – also ideal für lange Spaziergänge durch den Bois de Boulogne oder Bootsfahrten auf der Seine –, beinahe über Nacht umgeschlagen: es war nun kalt und elendig klamm, dazu dichter, öliger Nebel mit Regen und deshalb geradezu unangenehm, sich draußen aufzuhalten. Während der Taxifahrt vom Flughafen entdeckte Matthews im *Fodor's,* daß Paris viel weiter nördlich lag, als er geglaubt hatte – in seiner Vorstellung hatte es näher an der Mitte Frankreichs gelegen. Tatsächlich befand es sich, wie er jetzt sah, auf demselben Breitengrad wie Gander in Neufundland, weshalb die Auskunft des Buches einleuchtend schien: daß es nämlich in Paris mehr regnete als in Seattle und daß der Winter in der Regel im November begann. »Kein Wunder, daß es kalt ist«, sagte er, während er die unbekannten, regenfinsteren Straßen vorbeiziehen sah. »Mit dem Auto ist man von hier aus in einem halben Tag in Kopenhagen.«

Unerwartet kam auch, daß François Blumberg, Matthews' französischer Lektor, sie am ersten Nachmittag angerufen hatte, um zu fragen, wie es ihnen gehe, aber auch um zu sagen, daß sich seine Pläne geändert hätten. Noch am selben Nachmittag, so sagte er, fliege er mit seiner Frau und seinen vier Kindern irgendwohin an den Indischen Ozean und könne deswegen Matthews weder zum Lunch noch zu einem Besuch des Verlags – Editions des Châtaigniers – einladen, der über die Weihnachtsfeiertage geschlossen sei. Blumberg schien die Plötzlichkeit und Frechheit seiner Absage zu gefallen, obwohl er selbst die Reise überhaupt vorgeschlagen (»Wir werden dann richtig Freundschaft schließen«) und auch versprochen hatte, Matthews Paris zu zeigen, vor allem »besondere Dinge, die ein Tourist nie ausfindig machen würde« – geheime orientalische Gärten auf dem Montparnasse, private Anwesen von Blumbergs reichen adligen Freunden, Séparées in Fünf-Sterne-Restaurants, spezielle, für die Öffentlichkeit unzugängliche Ausstellungsräume des Louvre, vollgehängt mit Rembrandts und da Vincis.

»Wenn Sie nächstes Mal nach Paris kommen, werden wir natürlich viel, viel Zeit miteinander verbringen«, sagte Blumberg noch am Telephon. »Jetzt kennt Sie hier keiner. Aber das wird sich ändern. Wenn Ihr Buch erst mal erschienen ist, wird sich alles ändern. Sie werden schon sehen. Sie werden noch berühmt.« Blumberg ließ ein kleines keuchendes Geräusch vernehmen, ein kurzes, flaches Einatmen, das anzudeuten schien, daß er über das, was er gerade gesagt hatte, überrascht war. Alle Franzosen machen wohl dieses Geräusch, nahm Matthews an. Die eine Französin, die gemeinsam mit ihm am Wilmot College unterrichtet hatte, machte es jedenfalls die ganze Zeit. Er hatte nicht die geringste Ahnung, was es bedeuten sollte.

»Wenn Sie meinen«, sagte Matthews. Er lag im Bett, trug nur seine Pyjamajacke. Blumberg hatte ihn aus seinem Ankunftsnickerchen geweckt. Helen war entschlossen in das unwirtliche Wetter hinausgegangen, um irgendwo etwas Eßbares aufzutreiben, eine Dienstleistung, die ihr Hotel, das Nouvelle Métropole, offensichtlich anzubieten nicht imstande war. Draußen auf der kalten, regnerischen Rue Froidevaux heulten ein paar Motorräder mit knatterndem Auspuff auf, und Männerstimmen schrien wütend irgend etwas auf französisch, als ob es gleich eine Schlägerei geben würde. Von irgendwoher näherte sich eine schrille Polizeisirene. Matthews fragte sich, ob sie auf dem Weg zum Hotel waren.

»Sie würden mir allerdings persönlich einen großen Gefallen tun«, fuhr Blumberg fort, »wenn Sie noch ein wenig bleiben und sich mit ihrer Übersetzerin treffen könnten. Madame de Grenelle. Sie ist sehr, sehr berühmt und außerdem sehr schwer zu überzeugen, wenn es um amerikanische Romane geht. Aber Ihr Buch fand sie faszinierend, und sie würde Sie gerne sehen. Leider ist auch sie weg und wird erst in vier Tagen wieder in Paris sein.«

»Wir hatten eigentlich nicht vor, so lange zu bleiben«, sagte Matthews gereizt.

»Ja, natürlich, ganz wie Sie wollen«, sagte Blumberg. »Es würde der ganzen Sache aber sehr weiterhelfen. Beim Übersetzen geht es nicht lediglich darum, Ihr Buch ins Französische zu bringen; es geht darum, Ihr Buch in der französischen Imagination neu zu erfinden. Wir brauchen also eine absolut präzise Übersetzung, damit die Leser das Buch unverfälscht kennenlernen. Wir wollen nicht, daß Sie oder Ihr Buch mißverstanden werden. Wir wollen, daß Sie berühmt werden. Die Menschen verbringen ohnehin zuviel Zeit damit, einander mißzuverstehen.«

»Offensichtlich«, sagte Matthews.

Blumberg gab Matthews dann Madame de Grenelles Telephonnummer und Adresse und sagte noch einmal, daß sie auf seinen Anruf hoffe. Während ihrer Korrespondenz hatte Matthews sich François Blumberg immer als alten Mann vorgestellt, als gütigen Bewahrer einer uralten

Flamme, als Hüter einer reichen, sagenumwobenen Kultur, an der nur wenige teilhaben durften: als einen, den er instinktiv mögen würde. Aber nun stellte er sich Blumberg jünger vor – vielleicht sogar in seinem eigenen Alter, siebenunddreißig –, klein, glatzköpfig, mit schlechter Haut, vielleicht ein zweitrangiger Akademiker, der sich mit der Arbeit im Verlag ein Auskommen sicherte, jemand in einem glänzenden schwarzen Anzug und billigen Schuhen. Matthews sah Blumberg eine schmale regenumwehte Metalltreppe hinaufstolpern, um in ein verrauchtes, überbuchtes Charterflugzeug zu gelangen, eine dünne Frau und vier Kinder im Schlepptau, die mit Koffern und Plastiktüten beladen waren und lauthals herumschrien.

»Also dann«, sagte Blumberg, als sei er unter Zeitdruck. »Jetzt ist natürlich die ideale Zeit, Paris zu besuchen. Wir verschwinden in die Wärme. Und Sie haben die ganze Stadt für sich, Sie und Ihre Freunde, die Deutschen. Wir nehmen's uns dann wieder, wenn Sie damit durch sind.« Blumberg lachte. »Ich hoffe, wir sehen uns das nächste Mal«, sagte er noch.

»Ja«, sagte Matthews. »Ich auch.« Er hatte eigentlich vor, Blumberg noch etwas zu sagen, um deutlich zu machen, wie diese Änderung alles durcheinanderbrachte. Aber Blumberg trompetete irgend etwas Unverständliches auf französisch ins Telephon, lachte noch einmal, machte wieder das kurze keuchende Geräusch und legte auf.

Natürlich war das eine Beleidigung, das war Matthews klar. Ohne Zweifel eine besonders kränkende französische Beleidigung (wobei er nicht wußte, was eine französische Beleidigung war). Aber eigentlich müßten sie jetzt auf der Stelle die Koffer packen, ein Taxi rufen, das Hotel räumen und mit der nächstbesten Möglichkeit die Stadt verlassen. Wohin, wußte er nicht. Bloß fiele über den Rest der Reise dann ein Schatten, ein Schatten der Enttäuschung, noch bevor sie überhaupt die Chance gehabt hätte, schön zu werden.

Matthews kroch aus dem Bett und ging barfuß in seinem Pyjamaoberteil zum Fenster. Draußen, vor den kalten Fensterscheiben, war die Luft schmutzig und trüb. Das Ganze hatte überhaupt nichts Weihnachtliches. Eigentlich auch nichts Pariserisches. Auf der anderen Seite der Rue Froidevaux erstreckte sich im Nebel ein großer Friedhof zwischen hohen Bäumen, weiter, als er sehen konnte, und rechts stand im Dunst eine riesige steinerne Löwenstatue in der Mitte eines stark befahrenen Kreisverkehrs. Jenseits davon sah er Häuserreihen und Autos, die eine breite Straße entlangfuhren und deren Scheinwerfer in der nachmittäglichen Dämmerung gelb leuchteten. Das also war Paris.

Ein Polizeiauto mit blinkendem Blaulicht hatte unten auf der Straße gehalten, und zwei uniformierte Beamte mit leuchtendweißen Helmen gestikulierten zu drei Motorradfahrern hin. In der Vergangenheit hatte er sich beim Gedanken an Paris immer Jazz vorgestellt oder Dom-Pérignon-Korken, die in die strahlende kalte Nachtluft flogen, breite leuchtende Straßen, Gelächter. Vergnügen.

Jetzt wußte er nicht einmal, in welche Richtung er gerade blickte. Nach Osten? In welcher Richtung lag der Eiffelturm? Dies war das vierzehnte Arrondissement. Rive Gauche. Viele berühmte amerikanische Schriftsteller hatten hier in der Nähe gelebt, obwohl er sich im Moment weder an einen Namen noch an eine bestimmte Gegend erinnern konnte, bloß daran, daß die Franzosen sie ganz anders aufgenommen hatten, als sie es in ihrer Heimat gewohnt waren. Paris hatte ihn nie besonders interessiert. Er hatte es immer als Schwierigkeit empfunden, das, was man hier erlebt hatte, in etwas zu verwandeln, was dann dort, zu Hause, von Bedeutung sein könnte. Er dachte an all die Langweiler, die zurückkehrten und endlos ihre Pariser Erfahrungen herunterleierten und versuchten, ihnen eine Bedeutung zu geben. So etwas ergab sich nicht von selbst. Wenn man also mit ernsthaften Absichten nach Paris kam, hieß das, daß man bleiben mußte. Allerdings konnte man nicht an einen fremden Ort fahren und einfach annehmen, daß man bleiben würde. Das hatte mit Reisen nichts zu tun. Das war Flucht. Und bei ihm gab es nichts, wovor er fliehen mußte. Penny, seine Frau, die von ihm getrennt lebte, hatte immer mit ihm ins Ausland reisen wollen, was er aber abgelehnt hatte – womöglich ein Fehler.

Aber nun erschien ihm dieses Paris vor dem Fenster verwirrend. Es hätte genausogut Ostberlin sein können. Und dennoch wäre es jetzt schwierig abzureisen. Schließlich war er nun mal hier. Hatte für sie beide bezahlt. Abzureisen wäre eine einzige Verschwendung.

In Matthews' Roman, *Das Dilemma,* hatte die Ehefrau der Hauptfigur, Greta (eine kaum verhüllte, nicht gerade schmeichelhafte Darstellung Pennys), plötzlich ihre gemütliche, aber auch stickige Akademikerehe in einem kleinen Collegestädtchen in Maine aufgekündigt, ihren Geliebten im Familienwagen abgeholt (einen sportlichen blonden katholischen Priester, der gerade dabei war, seinen Ornat an den Nagel zu hängen, nachdem Greta ihn gleich nach ihrer Konvertierung verführt hatte), war mit ihm nach Boston gefahren und dann nach Paris geflogen, wo sie beide ein unterschiedliches, aber gleichwohl schreckliches Ende ereilte (eine sehr ferne Variante der tatsächlichen Begebenheiten: Penny war in Kalifornien).

Matthews jedoch, der nie in Paris gewesen war, hatte sich einfach aus einer Laune heraus dafür entschieden, so, wie er jetzt irgendeine Stadt aussuchen wollte, um Paris zu verlassen. Einfach ein Wort wählen. Prag. Kairo. Gdansk. Für seinen Roman hatte er alles in Bibliotheksbüchern und Reiseführern und auf Metroplänen recherchiert und wichtige Ereignisse in der Nähe von berühmten Orten wie dem Eiffelturm, der Bastille und dem Jardin du Luxembourg stattfinden lassen oder aber an Orten, die er erfunden hatte, wobei er französische Wörter benutzte, deren Klang ihm gefiel. Rue Homard. Place de Rebouteux. Schließlich hatte er den Teil in Paris jedoch gekürzt, um die emotionale Bürde des verlassenen Erzählers deutlicher hervorzuheben und weniger das Schicksal Gretas, die auf der Rue de Rivoli von einem Auto überfahren wird – jener hübschen Straße, die entlang einer schönen Arkade führte (er hatte sie zufällig heute morgen aus dem Taxifenster bemerkt). Er hatte sich gefreut, die Straßenschilder mit dem Schriftzug »Rue de Rivoli« zu entdecken. Einen ganz kurzen Moment lang war ihm Paris beinahe bekannt vorgekommen. Im Augenblick allerdings konnte er nicht einmal ermitteln, wo Norden war.

Auf dem Friedhof, gerade jenseits der Mauer, die ihn von der Rue Froidevaux abgrenzte, standen einige Leute an einem offenen Grab. Sie alle trugen Jarmulkes und warfen mit einem winzigen Spaten, den sie einander weiterreichten, einige Brocken Erde in das Loch. Während sich die Trauernden abwendeten, öffneten sie schnell ihre Regenschirme und verschwanden dann zwischen den vielen Grabsteinen im Nebel. Er hatte gelesen, daß Juden auf französischen Friedhöfen eigene abgegrenzte Bereiche hatten, anders als in Amerika, wo sie eigene Friedhöfe hatten.

»*Joyeux Noël! Parles-toi anglais ici?*« sagte Helen, während sie in das kalte kleine Zimmer trat. Sie hatte eine Papiertüte mit etwas zum Essen dabei, und es tropfte von ihrem Regenmantel und ihren Haaren. »Hast du den Friedhof mit all den toten Franzosen auf der anderen Straßenseite gesehen? Auf der einen Seite das Leben, blind und ahnungslos. Auf der anderen Seite der Tod, allumfassend und unentrinnbar. Sie haben einander nichts zu sagen. Das gefällt mir. Wär vielleicht nicht schlecht, hier begraben zu sein.« Sie streckte die Zunge aus und blickte schielend zu ihm herüber. Helen war offensichtlich gut gelaunt.

»Blumberg hat angerufen«, sagte Matthews mißmutig. »Er kann mich diesmal nicht treffen. Er reist an den Indischen Ozean.«

»So ein Pech«, sagte Helen.

»Aber er will, daß ich hierbleibe und meine Übersetzerin kennenlerne.« Er merkte, daß er das alles so wiedergab, als müßte Helen diese Angelegenheit klären.

»Tja«, sagte Helen und legte den feuchten Papierbeutel auf den Nachttisch. »Gibt's denn irgendeinen Grund, warum wir nicht hierbleiben können?«

»Sie ist im Moment nicht in Paris«, sagte Matthews. »Sie kommt erst in vier Tagen zurück.«

»Wir haben doch sonst nichts vor«, sagte Helen fröhlich, während sie ihren nassen Regenmantel auszog. »Uns wird schon was einfallen, hier in Paris. Wir sind ja schließlich nicht in Cleveland.«

»Ich wollte aber nach Oxford weiterfahren«, sagte Matthews.

»Die nehmen dich in Oxford sowieso nicht mehr auf«, sagte sie. »Aber in Paris hat man dich aufgenommen, wenn man so will. Und Übersetzer sind doch wichtig. Schicke Aufmachung übrigens.« Matthews stand ohne Schlafanzughose vor dem Fenster. Er befand sich in einem Zimmer im vierten Stock, in einem fremden Land, wo niemand ihn kannte. Daran hatte er nicht gedacht.

Helen sah ihn mit aufreizend vorgeschobenen Lippen an. Sie war in letzter Zeit immer versessener auf Sex geworden, ein bißchen zu versessen, wie Matthews fand. Sie konnte gar nicht anders, als die Situation als eine Aufforderung zu verstehen.

»Ich muß mir mal überlegen, wie wir das Zimmer behalten können«, sagte er, während er vom Fenster wegging und anfing, seine Schlafanzughose zu suchen.

»Ich glaub nicht, daß es einen großen Ansturm auf diese Bude geben wird.« Helen sah sich in dem winzigen Zimmer um. Das Hotel war in Besitz von Arabern und wurde von Indern geführt. Ein paar arabisch anmutende Bilder hingen zur Dekoration an den Wänden: eine Oase mit einem klapprigen Kamel im Schatten; ein paar Männer, die Kapuzenmäntel trugen und neben einem weiteren Kamel in der Wüste im Kreis saßen.

»Trostlos hier«, sagte Matthews und ärgerte sich über den jammernden Tonfall seiner Stimme. Es lag wohl am Jetlag. »Eigentlich dachte ich, daß wir uns ein Taxi rufen und verschwinden. Einfach in irgendeinen Zug steigen.«

»In einen Zug wohin?« sagte Helen.

»Vielleicht an die Riviera. Ich hab gedacht, Paris sei näher an der Riviera.«

»Ich will nicht an die Riviera«, sagte sie. »Mir gefällt's hier. Mein ganzes Leben lang wollte ich hierher. Wir sollten es einfach auf uns zukommen lassen. Das ist doch romantisch. Weihnachten in Paris, Charley. Gibt's da nicht irgendein Lied drüber?«

Matthews kannte kein Lied über Weihnachten in Paris.
»Hab ich noch nie was von gehört.«

»Na, dann müssen wir uns eben eins ausdenken«, sagte Helen. »Ich denk mir die Musik aus und du den Text. Du bist schließlich der Schriftsteller. Man muß ja nicht gerade Proust bemühen, um sich ein Lied über Weihnachten in Paris auszudenken.«

»Da hast du wahrscheinlich recht«, sagte Matthews.

»Siehst du, hab ich doch gesagt.« Helen lächelte. »Du bist ja schon viel fröhlicher. Ich hab dich sozusagen ins Fröhlichsein übersetzt. Noch ein Weilchen, und du singst uns was vor.«

Matthews kannte Helen Carmichael seit beinahe zwei Jahren. Sie hatte an dem Erwachsenenseminar teilgenommen, das er über den »Afroamerikanischen Roman« gehalten hatte – sein Schwerpunkt am Wilmot College (obwohl er gar nicht afrikanischer Abstammung war). Sie hatten einander sofort gemocht, sich regelmäßig nach den Seminarstunden auf einen Kaffee getroffen und dann, nachdem das Seminar zu Ende gegangen war, angefangen, miteinander zu schlafen. Es war ungefähr in jener trüben, dunklen Phase, nachdem Penny sich ihre gemeinsame Tochter Lelia geschnappt hatte und nach Kalifornien abgereist war, jener Phase, als Matthews feststellte, daß er das Unterrichten und alles, was dazugehörte, haßte, und beschloß, ein weniger geregeltes Leben zu führen, und einen Roman zu schreiben begann, um sich damit die Zeit bis zum Ende des Semesters zu vertreiben, wonach er kündigen wollte.

Helen war acht Jahre älter als er, eine hochgewachsene, knochige, nicht gerade zierliche aschblonde Frau mit der großbusigen Figur einer Revuetänzerin, einem breiten, sinnlichen Mund und großen gutmütigen Augen hinter einer Hornbrille. Matthews sah ihr gerne in die Augen. Dort fand er Trost. Alle Männer, so hatte er bemerkt, starrten Helen an. Sie hatte etwas Überlebensgroßes an sich, auch wenn das nicht unbedingt nur etwas Positives sein mußte. Helen nahm gerne von sich an, daß Männer es mit ihr »nicht leicht hatten« und daß die meisten Männer Angst vor ihr hatten, weil sie »die Kerle ganz schön in Atem hielt«, was bedeuten sollte, daß sie Köpfchen hatte und die Dinge oft ironisch nahm. Helen kam aus einer kleinen Bergarbeiterstadt in West Virginia und war schon dreimal verheiratet gewesen, zur Zeit aber ledig, und sie verspürte auch kein Verlangen, es noch einmal mit der Ehe zu versuchen. Sie arbeitete bei einer Werbefirma auf der anderen Seite des Ohio River in Parkersburg, nicht weit von dort, wo sie aufgewachsen war, und hatte Matthews erzählt, sie glaube, daß das Leben sie nicht mehr viel weiter führen werde, sondern hier wahrscheinlich Endstation sei – und daß sie mit fünfundvierzig einen Pakt mit ihrem Schicksal geschlossen habe und das Ganze nun realistisch sehen könne. Ihm gefiel ihre Unabhängigkeit.

Sie und Matthews genossen ein ungezwungenes, absolut

befriedigendes sexuelles Verhältnis, verbrachten Nachmittage bei ihm zu Hause im Bett und unternahmen Wochenendfahrten ins nahe gelegene Pittsburgh, manchmal sogar bis nach Washington, D. C. Meist aber machten sie Ausflüge in der Abenddämmerung und aßen dann in einem der gemütlichen kleinen Gasthöfe oder einer restaurierten Mostkelterei, die hier und da an den Ufern des Ohio River standen, wobei der Abend dann häufig in irgendeinem wackligen Himmelbett in einer heißen kleinen Dachmansarde im dritten Stock endete, wo es ihnen fast nie gelang, sowenig Lärm wie möglich zu machen und sich trotzdem ausgiebig zu amüsieren.

Alles in allem hatten beide ein ähnliches Bild von sich selbst und begriffen sich als ziellose Reisende, denen der kalte Wind des Lebens ins Gesicht geweht war (Helen hatte ein Jahr zuvor irgendeinen Krebs gehabt, war offiziell noch in der Rehabilitationsphase und mußte weiterhin Medikamente nehmen; Matthews wiederum war verlassen worden). Allerdings waren sie aus diesen Prüfungen gestärkt hervorgegangen, entschlossener und zuversichtlicher, was die Zukunft, die Fülle des Lebens anbelangte. Dabei hatte er sich gar nicht richtig in Helen verliebt, er mochte sie einfach und auch die Art, wie sie ihn ernst nahm und zugleich ironisch behandelte; während Penny ihm bis zum Tag, an dem sie ihn verlassen hatte, immer die größte Aufrichtigkeit, Freundlichkeit und scheinbar fürsorgliche Geduld entgegengebracht hatte. Er war sich nicht ganz sicher, was er Helen eigentlich zu bieten hatte –

viel konnte er nicht erkennen –, aber sie schien glücklich zu sein. Das einzige Versprechen, das sie ihm abzuverlangen und auch zu geben bereit schien, war, nie etwas von dem anderen zu erwarten, außer der andere war tatsächlich auch anwesend, um es einzulösen. Bei der Eheschließung, so meinte Helen, sollte man diese Klausel den feierlichen Gelübden hinzufügen. Matthews empfand es genauso.

Matthews gescheiterte Ehe war für ihn jedoch eine nicht versiegende Quelle von Enttäuschung und Leid. Er hatte *Das Dilemma* in der Absicht begonnen, ein präzises Porträt seiner Ehe mit Penny aufzuzeichnen, einer Ehe, in der jegliche bedeutungsvolle Sprache durch die Routine erschöpft worden war, in der die Konventionen des Lebens, die Klagen und selbst die Schmerzensschreie einander schließlich so sehr glichen, daß sie kaum noch etwas bedeuteten und zugleich jenseits aller Linderung schienen. Der Erzähler (natürlich er selbst) und seine Frau sollten als Menschen dargestellt werden, die über zwölf Jahre hinweg reichlich Fehler, Versäumnisse und Unterlassungen aufgehäuft hatten, aber dennoch genügend Sympathie füreinander aufbrachten, um zu erkennen, was ging und was nicht, und aufgrund dieses gegenseitigen Verstehens zurechtzukommen. So gesehen handelte es sich, wie er fand, um eine typische Akademikerehe. Andere Leute fügten sich ebenso, ohne es je zu merken. Seine Eltern zum Beispiel. Möglicherweise haßten sie einander, aber Haß war in ihren Augen mehr wert als der

Versuch, einen anderen Menschen zu lieben, einen Menschen, den man nicht einmal in hundert Jahren wirklich kennen und dann wahrscheinlich erst recht nicht mögen würde. So fanden sie es wohl besser, sich auf das wenige Gute, das übriggeblieben war, zu konzentrieren und all das beiseite zu schieben, worauf man sich ohnehin nicht würde einigen können – und das dann als Ehe, als Liebe zu bezeichnen. Wie man das anstellen sollte, war natürlich das Dilemma. (Einmal war er sogar kurz davor gewesen, dem Buch den Untertitel »Erinnerungen« zu geben und es gar nicht als »Roman« zu bezeichnen.) Die Veröffentlichung des Buches, so hoffte Matthews, käme einem dramatischen und unmittelbaren öffentlichen Bekenntnis eines neuen Glaubens an Penny gleich, die mit einem jungen Studenten (nicht mit einem Priester) die Stadt verlassen hatte und mit Lelia in die Nähe von San Francisco gezogen war. Der Student war später ans College zurückgekehrt.

Dann war aber alles anders gekommen. Penny hatte *Das Dilemma* nicht einmal gelesen, hatte sogar die Annahme des Leseexemplars verweigert, das Matthews ihr mit einer Widmung per Kurier geschickt hatte, und den Kontakt zu ihm fast ganz abgebrochen. So daß er im letzten Augenblick den Teil über Greta umgeschrieben hatte und sie nun, statt nach Maine heimzukehren, bei einem Autounfall umkam.

In den anderthalb Jahren, seit Matthews das Unterrichten aufgegeben hatte, hatte er seinen Roman fertiggeschrieben und erlebt, wie gegen seinen Willen die Scheidung eingereicht wurde; er hatte das Haus mit den weißen Schindeln und den blauen Fensterläden im Kolonialstil, in dem er mit Penny gewohnt hatte, verkauft, war meilenweit vom Campus entfernt in ein kleineres Backsteinhaus in einer ländlichen Gegend gezogen, wo er sich langsam an das gewöhnte, was ihm verlorengegangen war (womöglich sein jüngeres, unreiferes Ich), was an dessen Stelle getreten war (nicht allzuviel) und was sich daraus für Konsequenzen für die Zukunft ergaben. Die Vorstellung, daß er nun Schriftsteller war, gefiel ihm: ein stiller Künstler, der einsam und abgeschieden in einer Kleinstadt Ohios lebte. Er war einmal Collegeprofessor gewesen, hatte sich aber vorzeitig zurückgezogen. Seine Frau hatte ihn verlassen, weil er zu exzentrisch gewesen war. Es hatte auch ein gemeinsames Kind gegeben. Manchmal tauchte er für kurze Zeit in New York auf, war aber meist zufrieden, stets unterschätzte, kurze Meisterwerke zu schreiben, die in Europa erfolgreicher waren als in seiner Heimat.

Matthews' Eltern besaßen in Cleveland noch ein einträgliches großes Möbelhaus – eine Firma, die schon vor der Depression ihren Familiennamen getragen hatte –, und dort konnte er jederzeit einsteigen, wenn er denn wollte, direkt in die Firmenleitung, und dann schon bald das ganze Unternehmen führen. Sein Vater hatte selbst, als Matthews eine feste Professur erhalten hatte, solche Hoffnungen geäußert, als könnte man davon ausgehen, daß die Tätigkeit eines Literaturwissenschaftlers einen in idealer Weise auf den Möbelhandel vorbereite. Matthews' Mutter und seine Schwester waren in Zusammenhang mit dem Möbelgeschäft als Innenarchitekten erfolgreich geworden und hatten ihn immer wieder aufgefordert, nach Hause zurückzukehren und die finanzielle Seite ihrer Firma zu übernehmen, während sie sich ums Kreative kümmerten.

Doch Matthews hatte ihnen mitgeteilt, daß er im Moment auf keines dieser Angebote eingehen könne, daß er Wichtigeres im Kopf habe: seine Scheidung, seine Tochter, sein Leben als siebenunddreißigjähriger ehemaliger Professor, der eine ganze Menge über afroamerikanische Literatur und Möbel wußte, ein Mann, der große Fehler gemacht hatte und, wenn möglich, in Zukunft weniger machen wollte.

Seine Eltern hatten ihm sofort zugestanden, daß es angesichts der schwierigen Übergangsphase in seinem Leben eine gute Idee sei, sich etwas Zeit zu nehmen, um »sich über alles klarzuwerden«. Sie sahen sogar ein, daß es eine gute Therapie sein könnte, erst einmal einen Roman zu schreiben, bevor man sich wieder dem wirklichen Leben zuwandte. Sie schienen zu verstehen, warum Matthews' Scheidung notwendig sei, wenn auch bedauerlich, und nahmen ihrerseits zu Penny und Lelia Kontakt auf. Über Helens überraschende und anscheinend vorübergehende Präsenz in Matthews' Leben – und auch über ihr Alter – waren sie nicht gerade begeistert. Aber sie äußerten kein Urteil darüber, wie ihr einziger Sohn sich nun offensichtlich in seinem Leben einrichten wollte, auch wenn sie es nicht verstanden. (Er brachte Helen oft bei seinen Besuchen mit, und sie versuchte, sich auf ihre gutmütige Art anzupassen, an allem teilzunehmen und sich ungezwungen zu geben, obwohl die beiden immer in einem Hotel in der Innenstadt übernachteten.)

Neun Monate nachdem Matthews seinen Roman beendet hatte, war dieser von einem kleinen, aggressiven Imprint eines großen angesehenen New Yorker Verlages veröffentlicht worden und sofort nach seinem Erscheinen von der Bildfläche verschwunden. Es gab ein paar anerkennende, wenn auch bedeutungslose Besprechungen, ein paar Exemplare wurden verkauft. Aber er hatte schon bald keinen Kontakt mehr zu seinem Lektor, und von einem Vertrag über ein weiteres Buch, das er vielleicht in der Zukunft schreiben wollte, war überhaupt nie die Rede gewesen. Ihn überraschte das nicht (was er allerdings nur Helen erzählte). Er war schließlich Anfänger – ein Collegeprofessor, der sich in die große Welt hinausgewagt hatte –, und außerdem hielt er seinen Roman nicht für besonders gelungen, vor allem darin, wie er gewöhnliche Mittelklassemenschen zeichnete, die es sich selbst zuzuschreiben hatten, daß sie sich in kleine familiäre Querelen verstrickt hatten. Das war kein eben erfolgversprechendes Thema, so viel war ihm klar, wenn die Gestalten nicht gerade lesbisch und von ihrem Vater mißbraucht worden waren oder bei der Mordkommission arbeiteten oder an einer unheilbaren Krankheit litten, was alles auf

Das Dilemma nicht zutraf, ein Buch, das sich hauptsächlich um sein eigenes Leben drehte. Dennoch war er zufrieden, den Roman geschrieben zu haben, zufrieden, es allein geschafft zu haben und so der Universität entkommen zu sein. Er spielte sogar bereits mit dem Gedanken, etwas Neues zu schreiben – etwas, womit er thematisch weiter ausholen konnte.

Aber dann hatte ihn eines grauen Novembernachmittags, es dämmerte schon, eine Frau aus seinem New Yorker Verlag angerufen (er war gerade auf der hinteren Veranda dabei, neue Scheiben in die Doppelfenster einzusetzen, und wollte eben auf die Leiter steigen). Die Frau erzählte ihm, daß zu aller Begeisterung ein französischer Verleger – ein Monsieur Blumberg – angerufen habe, um ein Angebot auf Matthews' Buch zu machen und es dann in Frankreich zu veröffentlichen, wenn Matthews mit einer kleinen Vorauszahlung einverstanden wäre.

»Ich kann mir nicht vorstellen, warum jemand in Frankreich mein Buch lesen will«, sagte Matthews zu der Verlagsmitarbeiterin, einer Miss Pitkin oder Miss Pittman. »Hier wollte es ja auch niemand lesen.« Aber er war glücklich, daß sich eine seiner Wunschvorstellungen erfüllt hatte.

»Bei den Franzosen weiß man nie«, sagte die Frau. »Die bekommen manchmal Dinge mit, die uns ganz verborgen bleiben. Vielleicht liest es sich ja auf französisch besser.« Sie lachte kurz.

Matthews überlegte, was es für sein Buch bedeuten konnte, sich in einer anderen Sprache »besser zu lesen«. Nicht gerade vorteilhaft. Obwohl es vielleicht auch hieß, daß er ein Genie war.

»Schwer vorzustellen, daß Dante je besser sein könnte als auf französisch, stimmt's?« sagte Miss Pitkin/Pittman.

»Ich glaub nicht, daß Dante auf französisch geschrieben hat«, sagte Matthews. Er fragte sich, wie sie wohl aussah. Er starrte auf die Bäume eines lichten Waldes hinaus, hinter dem ein anderes Haus zu erkennen war und die große Herbstsonne anmutig unterging.

»Na, dann fahren Sie mal nach Frankreich und machen Sie richtig einen drauf.« Sie lachte glucksend. Sie schrieb gerade etwas auf dem Computer. *»Honi soit qui mal y pense.«*

»Ich weiß nicht, was das heißt«, sagte Matthews. Er sprach nur sehr schlecht Französisch.

»Das hat was mit Prince Charles zu tun. Er soll es angeblich gesagt haben. Es heißt wahrscheinlich ›Mach einen drauf‹.«

»Ja, vielleicht«, sagte Matthews. »Vielleicht mach ich wirklich einen drauf.« Und dann verabschiedete er sich.

Abends aßen sie wegen des Regens und der Kälte und weil Helen das Gefühl hatte, daß sie sich vielleicht etwas eingefangen hatte, in einem trostlosen, fast leeren japanischen Restaurant, das nur wenige Schritte vom Hotel entfernt an der Rue Boulard lag. Matthews mochte japanisches Essen eigentlich nicht, aber Helen sagte, sie brauche das Eisen, das in rohem Fisch enthalten sei, um gegen den Jetlag anzukämpfen und um Kraft zu schöpfen, falls sie eine Grippe erwischt habe.

Während Helen Maguro und Awabi aß – Matthews hatte sich Doraden-Tempura bestellt –, sagte sie, wie interessant es für ihn sein würde, seiner Übersetzerin zu begegnen, denn die müsse ja wohl Matthews' Buch besser kennen als er selbst und opfere schließlich sehr viel Zeit für Matthews' Worte. In der Werbebranche – ihrem Metier – ging es darum, die Leute dazu zu bringen, etwas zu lesen, ohne daß sie es merkten, und ihnen so bestimmte Botschaften unterzuschieben, wie Spione, die hinter die Reihen des Feindes schlüpften.

»Das ist ihr Beruf«, sagte Matthews, während er frustriert die Stäbchen beiseite legte und sich seine Gabel nahm. »Leute widmen ihr Leben dem Übersetzen. Sie opfern sich dabei nicht auf.«

»Es ist wie eine Ehe«, sagte Helen. »Zumindest kann man es mit einer meiner Ehen vergleichen. Man verbringt Jahre damit, den Kaffeesatz zu studieren, um herauszubekommen, wie man den anderen wohl zu verstehen hat. Aber gelungen ist es mir nicht.« Helen aß gerade ein großes Stück roten Thunfisch und schwenkte es mit ihren Stäbchen in der Sojasoße hin und her. Eine Art japanische Geigenmusik spielte im Hintergrund.

»So ist es, glaube ich, nicht«, sagte Matthews.

»Und wie ist es dann?« sagte Helen kauend.

»Ich glaub, es hat mit Erfinden zu tun«, sagte Matthews.

»Ich glaube, man benutzt ein Buch, um ein anderes zu erfinden. Es geht nicht einfach darum, mein Buch in eine andere Sprache zu übertragen, so als legte man seine Kleider von einem Koffer in den anderen. Es ist kreativ. Und es ist eine ziemlich befriedigende Sache, das denke ich.«

»Ach«, sagte Helen. »Aber du bist doch ganz schön aufgeregt, nicht?« Sie hatte das Interesse am Thema verloren. Er hatte sie gelangweilt. Ihm wurde klar, daß er sie die ganze Zeit langweilte. Helen begegnete der Welt auf eine gesunde, praktische, zupackende Weise, voller Gutmütigkeit, aber angesichts seiner Langeweile verstummte sie oft.

»Ja, ich bin aufgeregt, stimmt.« Er lächelte sie an.

Helen wollte dagegen einen Plan für den nächsten Tag aufstellen. Sie hatte den *Fodor's* dabei und las darin auf ihrer Seite des Tisches, während Matthews seinen Fisch mit Broccoli und sein Eis aufaß. Die japanischen Ober und Hilfskellner schienen allesamt Franzosen zu sein, was ihm merkwürdig vorkam. Aber sie waren ja nun mal in Frankreich. Alle waren Franzosen.

Helen wollte am nächsten Tag Napoleons Grabmal besichtigen, dann auf den Eiffelturm und anschließend die Champs-Elysées entlangbummeln. Sie wollte beim Louvre vorbei, aber nicht unbedingt hinein (er sei immer voller Japaner, flüsterte sie, vor allem zu Weihnachten). Dann wollte sie eine Fahrt in einem seitenverglasten Boot unternehmen und den Tag an der Place de la Concorde beschließen, wo man den Leuten damals den Kopf abgeschlagen habe, so auch dem König und der Königin und Robespierre. Wobei sie zugab, daß sie nicht wußte, wer Robespierre war. Später würden sie dann irgendwo ihr erstes unvergleichliches Essen zu sich nehmen. »Und dann«, sagte sie, »wirst du am nächsten Tag die Tour bestimmen.«

Helen sah zufrieden aus. Obwohl sie auch, wie Matthews fand, blaß wirkte. Reisen war für Frauen immer besonders anstrengend. Sie konnten nichts auf Distanz halten. Das Ballett hatte sie offenbar vergessen.

»Ich hab keine Tour«, sagte Matthews verdrossen.

»Was ist mit all den Lokalen, wo die schwarzen Musiker spielten, und den Häusern, wo die schwarzen Schriftsteller in schrecklicher Armut lebten und mit weißen Frauen schliefen? Das ganze Zeug, was du früher unterrichtet hast.«

Matthews hatte in dem Seminar, das er geleitet hatte, nebenbei über diese Dinge geredet, und Helen erinnerte sich noch daran. Er hatte allerdings nur in anderen Büchern darüber gelesen. Er wußte gleich null über das, was man »the Negro Experience« nannte. Kurz bevor er seinen Doktor gemacht hatte, war er eines Tages zu seinem Professor gerufen worden; ein Kollege vom Wilmot College habe sich gemeldet, um zu sagen, daß eine schwarze Professorin plötzlich gekündigt habe, um eine andere Stelle anzunehmen, wodurch ihre Studenten jetzt ohne Betreuung dastünden, und ob er jemanden kenne, der einspringen könne. Matthews' Professor sagte ihm, wenn er in zwei Tagen in Wilmot sein könnte, um dort eine Vorlesung über die sexuelle Metaphorik in Langston Hughes' später Lyrik zu halten, dann könnte vielleicht auch etwas Langfristiges ausgehandelt werden. Er müsse einfach flexibel sein. Matthews hatte keine Ahnung von Langston Hughes. Er hatte über die englischen Romantiker gearbeitet, die ihn inzwischen zu Tode langweilten. Aber er reiste am folgenden Morgen in Wilmot an und verbrachte die nächsten zwei Tage hinter Büchern, um dann seine Vorlesung vor einer überraschten Gruppe von schwarzen Studenten zu halten, denen es allerdings offenbar egal war – Hauptsache, jemand erschien um neun Uhr und redete über etwas, während sie vor sich hin dösten oder einander angrinsten. Schließlich entschied der Fakultätsvorsitzende, daß er bleiben und sogar auf eine feste Stelle hinarbeiten könne, wenn er mit African-American Studies weitermache, so daß das College nicht wieder eine schwarze Frau anstellen müsse, was, wie alle meinten, nur eine Menge Ärger bringen würde. Matthews kam das Angebot gerade recht, und es war ihm nicht so wichtig, was er nun unterrichtete. Nach seiner Meinung war ohnehin jeder in der Lage, alles zu unterrichten. Helen fand die ganze Geschichte irrsinnig komisch, sagte allerdings, daß sie nie viele Schwarze persönlich gekannt habe – in West Virginia habe es nur wenige gegeben.

»Ich weiß eigentlich gar nicht, wo sich das alles in Paris abgespielt hat«, sagte Matthews. »Ich hab nur davon gelesen. Diese Leute sind für mich gar nicht real. Waren sie auch nie.«

»Damit ist das Thema ja wohl abgehakt«, sagte Helen und faltete ihren Stadtplan zusammen.

»Ich hab mich vom Unterrichten verabschiedet, ja?« sagte Matthews gereizt. »Ich bin kein Lehrer mehr. Ich bin auf der Suche nach einem neuen Leben.«

»Du hoffst wohl, dich jetzt selbst zu übersetzen«, sagte sie. Helen war kurzsichtig, und manchmal zwinkerte sie mit ihren großen blauen Augen hinter den Brillengläsern und öffnete sie dann ganz weit, als könnte sie so mehr sehen. Man konnte fast glauben, sie blickte über einen hinweg und wäre überrascht über das, was sie da sah. Es hatte überhaupt nichts Beruhigendes, sondern eher Zermürbendes.

»Vielleicht«, sagte Matthews. »Vielleicht ist es genau das. Ich hoffe darauf, in etwas Besseres übersetzt zu werden.«

»Und was ist mit deiner Tochter?« fragte Helen spitz. Helen wußte nichts von Lelia und hatte sie nie zu Gesicht bekommen, bestand jedoch ab und zu darauf, in einem Anflug von aggressiver elterlicher Fürsorge das Thema anzusprechen, um Matthews etwas heimzuzahlen oder ihn zu ärgern. Ihre Angriffe kamen immer überraschend, und er konnte diesen Zug an ihr nicht leiden. Helen war in ihren drei erfolglosen Ehen kinderlos geblieben, und Matthews nahm an, dies sei ihre Art, der Enttäuschung über ihr Pech Luft zu machen und sie anderen aufzudrängen.

»Wir müssen uns jetzt nicht über Lelia unterhalten«, sagte Matthews und fühlte sich plötzlich niedergeschlagen. Er suchte den japanisch-französischen Kellner, um die Rechnung zu verlangen.
»Lieber nicht. Für sie hast du wohl keine großen Veränderungen vorgesehen«, sagte Helen.
»Sie lebt in Kalifornien. Mit Penny«, sagte er. »Ihr geht's gut. Sie ist eine normale Sechsjährige, wie man in Kalifornien eben normal sein kann. Sie hat Eltern, die sie lieben.«
»Bist du auch damit gemeint?« Helen verzog den Mund, als verabscheue sie ihn.
»Ja, stell dir vor«, sagte Matthews. Endlich entdeckte er den Kellner, der sich in einer dunklen Nische nahe der Küche herumdrückte, und winkte ihm zu.
»Ich frag ja nur.« Helen wischte sich den Mund mit ihrer Serviette ab und begann ihrerseits, sich umzuschauen. Im Restaurant hielten sich lediglich zwei weitere Gäste auf, die an der dunklen Wand gegenüber saßen. Vor dem Fenster lag die schmale Rue Boulard, leer bis auf die parkenden Autos. Es regnete noch, und die Straßenlampen spiegelten sich in den Pfützen des Bürgersteigs.
»Ich habe heute abend einfach noch Jetlag«, sagte Helen. »Tut mir leid, mein Kleiner.« Sie lächelte ihn über die Teller und kleinen schmutzigen Schüsseln an und schniefte, als weinte sie. »Du hast mich nach Paris gebracht. Ich will nicht an dir rummäkeln.«
»Dann laß es auch«, sagte Matthews. »Ich tu doch schon

mein Bestes.« Und genau das fand er auch – er tat sein Bestes –, wobei das offensichtlich überhaupt nicht zur Kenntnis genommen wurde. Lelia war seine Tochter, sie war sein Problem, und er würde es schon in den Griff bekommen.

»Das weiß ich doch, Liebling«, sagte Helen. »Du machst dir in deinem kleinen Köpfchen vielleicht zu viele Gedanken.«

»Das will ich nicht damit sagen«, sagte Matthews und wünschte sich, sie wären zehn Minuten nach Blumbergs Anruf abgereist. Anderswo wären sie jetzt sicherlich glücklicher.

»Dessen bin ich auch schuldig«, sagte Helen vor sich hin. Er hatte keine Ahnung, wovon sie redete. Vielleicht hatte sie ihn falsch verstanden. Sie schaute zum Fenster hinaus und starrte wehmütig auf den Pariser Regen. »Ja«, sagte sie. »Dieser Sünde sind wir alle schuldig.«

In dem kalten Hotelzimmer zog sich Helen schnell im Dunkeln aus, was für sie ungewöhnlich war. Sie war stolz auf ihre stramme Revuegirlfigur und genoß sonst das Licht. Aber als sie in dem schmalen klammen Bett unter die Decke schlüpfte, verlangte sie, daß Matthews sich sofort zu ihr legte und sie bis zur Bewußtlosigkeit vögelte, was er denn auch mit aller Kraft tat – mit beiden Händen das wacklige Kopfbrett umklammernd, einen nackten Fuß in die rauhe Ecke der Wand gestemmt, den anderen auf dem Fliesenboden, wo er sich in Schuhen und Strümpfen verhedderte, während er in der stillen, kühlen Luft vor sich hin schuftete und Helen in einen seltsam verzückten Zustand geriet und beinahe zu singen schien, »Langsam, langsam, langsam«, bis sie beide gekommen waren und sich wärmend aneinanderdrückten und zuhörten, wie der Regen gegen die Scheibe prasselte und der Wind durch die Straßen und über die kahlen Baumkronen des Friedhofs pfiff.

Später erwachte Matthews – er glaubte, von irgendwoher eine Kirchturmglocke gehört zu haben, vier Schläge – und ging, die Tagesdecke um sich gehüllt, in Wollsocken zum Fenster. Zu seiner Überraschung hatten Wind und Regen aufgehört, und der Nachmittagsnebel war so gut wie verweht, so daß der Friedhof, vom Mondlicht erleuchtet, scharf umrissen dalag und die Reihen sechsstöckiger Wohnhäuser dahinter deutlich unter den plötzlich hervorgetretenen Sternen zu erkennen waren. Noch überraschender allerdings war der Anblick des riesigen Montparnasse-Turms, der den Himmel im Westen – wie Matthews nun annahm – verstellte. Dahinter hätte er in einer klareren Nacht den Eiffelturm sehen können (was er aus den Stadtplänen wußte, die er während der Arbeit an seinem Roman studiert hatte).

Im ersten Moment, als er wach neben Helen in dem warmen Bett gelegen und nach dem Wind gelauscht hatte, war ihm klargeworden, daß er ohne jeden Zweifel niemals nach Paris hätte kommen oder daß er die Stadt gleich nach Blumbergs Anruf hätte verlassen sollen und daß die ganze Reise bereits jetzt irgendwie verdorben war und sich wie ein großer Fleck über alles andere ausbreitete. Das Gefühl, daß er Paris geliebt »hätte«, überkam ihn, »hätte«, wenn er nicht bereits einen Fehler gemacht hätte – einen Anfängerfehler, den er aber nicht erkennen konnte. Man wußte ja meistens nichts von den eigenen Fehlern, und nur selten erwischte man sich dabei. Ereignisse, Dinge, auf die man sich verlassen hatte, begannen ohne ersichtlichen Grund aus dem Ruder zu laufen, und das Leben rutschte allmählich in geradezu katastrophale Schwierigkeiten ab. Helen schien in einem solchen Zustand, schien auf eine Weise zu verlöschen, die er nicht beschreiben, nur spüren konnte. Er mochte Helen. Er bewunderte sie. Aber er hätte nicht mit ihr nach Paris kommen sollen. Das war sein Fehler. Sie hierherzubringen war sein hoffnungsloser Versuch gewesen, eine bestimmte Erfahrung mitzunehmen und sie anschließend wieder, in etwas Besseres umgewandelt, zurückzubringen. Das hätte aber nur funktionieren können, wenn er mit Penny hergekommen wäre – in dem Sinne funktionieren, daß die beiden sich einst so nahe, daß sie zwei Teile ein und derselben Person gewesen waren. Das lag Jahre zurück. Was immer ihm damals gefiel, gefiel auch ihr. Aber das war nun vorbei.

So am kalten Fenster stehend, mit der schnarchenden Helen hinter sich und der dünnen rosa Decke über den Schultern, überkam Matthews allmählich ein anderes Gefühl, als hätten das neue Mondlicht und die flirrenden

Sterne die Welt neu zusammengesetzt und als erstreckte sich Paris in der frostigen leuchtenden Nacht in jener Gestalt vor ihm, wie er es sich gewünscht hätte – wenn er sich je erlaubt hätte, es sich zu wünschen. Eine Metropole von großer Freigebigkeit; eine Oberfläche, die es zu durchstoßen, eine Tiefe, in die es einzutauchen galt, sogar darin zu verweilen. Vielleicht war es genau das, was er sich gedacht hatte, als er nun, in seinem Alter, mit einer ernsthaften, reifen Absicht nach Paris gekommen war – der Wunsch zu bleiben. Er war eben nicht hier, um irgend etwas in eine Sache zu verwandeln, die er mit zurücknehmen konnte, sondern er wollte sich dem Unerwarteten stellen, dem, was hier bereits existierte. Damit hatte Helen vollkommen recht gehabt.

Trotzdem mußte er an die Übersetzerin denken. Madame de Grenelle. Was hatte sie an seinem nicht besonders guten Buch »fasziniert«? Vielleicht irgendein fürchterlicher Makel daran? Eine kleine, grausame und beschämende Beschränktheit? Irgendeine große, zugleich subtile Gelegenheit, die er verpaßt oder sich verbaut hatte, etwas, was alle Franzosen mit einem Blick entdecken würden und Madame de Grenelle nun für ihn zurechtrücken wollte. Aber so dachten nur Schriftsteller: Für sie waren die Dinge endlos wandelbar, alles konnte immer verbessert, revidiert, erneuert werden – jede Oberfläche war nur die eine Seite einer noch zu enthüllenden riesigen Fülle.

Matthews dachte unvermittelt wieder an Lelia. Wieviel Uhr war es jetzt in Kalifornien? Wenn der Moment endlich gekommen wäre, würde er eine vernünftige Darstellung seiner Person vortragen und vor irgendeinem kalifornischen Gericht das gemeinsame Sorgerecht erwirken. Eine sinnvolle Besuchsregelung. Während des Sommers. Während der Schulferien. Zu Weihnachten. Dennoch fühlte er sich nicht wie der Vater einer sechsjährigen Tochter, die er wegen der Sturheit ihrer Mutter beinahe zwei Jahre nicht gesehen hatte. Manchmal verwechselte er seine Romangestalt Greta mit Penny und stellte sich vor, daß Penny tot sei. Er hatte sie erfunden und würde sie, wenn die Zeit gekommen war, wieder verschwinden lassen.

Aber war es angesichts dieser relativen Feindseligkeit wirklich so merkwürdig, seine Tochter nicht zu sehen? Ein ruhigeres, überschaubareres Leben schien ihm besser, selbst in Kalifornien, wobei Penny ihn auf seltsame Weise zunehmend abzulehnen schien, je länger sie getrennt waren. Als ließe er sich eine Gelegenheit entgehen, von der er nicht einmal etwas wußte. Aber mit der Zeit würde sich wohl alles fügen.

Auf der gegenüberliegenden Seite der Rue Froidevaux, an der Ecke der Rue Boulard, war in einem Wohnhaus – das wohl etwa zur selben Zeit im neunzehnten Jahrhundert erbaut worden war wie das Nouvelle Métropole – nur noch ein Fenster erleuchtet. Aber darin stand ein Weihnachtsbaum, dessen rote, grüne, orangene Glühbirnen in der windstillen Nacht blinkten. Kein Mensch war zu sehen. Der Baum stand einsam da, hoch oben und von der Straße aus unsichtbar: eine Art Leuchtturm für niemanden. Vielleicht wohnten dort Amerikaner, überlegte Matthews, die so weit von zu Hause ohne Baum nicht auskommen konnten. Die Franzosen würden sich mit so etwas natürlich nicht abgeben. »*Joyeux Noël*« genügte ihnen völlig. Und während ihm die Füße allmählich schmerzten und die Kälte durch die Falten seiner Decke kroch, versuchte er, sich auf die schimmernden Lichter zu konzentrieren und ein wenig von der kleinen ausgefallenen Festlichkeit des Baumes in sich aufzunehmen. Matthews starrte unentwegt hinüber, und nach einer nicht allzu langen Zeit hatte er das Gefühl, daß er sich zumindest diesen kleinen Wunsch erfüllt hatte.

Am nächsten Morgen schliefen sie lange, beinahe bis zum Mittag. Obwohl er im Schlaf immer wieder Glocken gehört hatte und auch, daß Helen zweimal aufstand und sich im Bad übergab, wonach sie dann kalt und irgendwie gedämpft wieder ins Bett kam. Es war jetzt kälter im Zimmer. Das wußte er mit Sicherheit.
Als er die Augen öffnete, saß Helen in dem grünen, mit Kunststoff überzogenen Sessel, eingehüllt in die rosa Baumwolldecke, die er sich vor einigen Stunden selbst umgelegt hatte. Deswegen war ihm kalt.
»Wie geht's dir?« fragte er unter seiner dünnen Decke hervor.
»Ganz gut«, sagte Helen eher unverbindlich. Sie hatte seine roten Wollsocken an und rauchte. Er hatte sie noch nie

mit einer Zigarette gesehen, obwohl er wußte, daß sie vor Jahren geraucht hatte. Das Zimmer roch nach Rauch und auch nach Schweiß. Von diesem Geruch war er aufgewacht und davon, daß ihm kalt war. »Ich hab mir wohl was eingefangen, als ich gestern im Regen draußen war. Wer weiß? Vielleicht war's auch etwas, was ich gegessen habe.«
»Hast du dich übergeben?« sagte Matthews.
»Hmmm«, sagte Helen, wobei dicke weiße Rauchstrahlen aus ihren Nasenlöchern drangen. Helen hatte ihre Brille auf, und ihr blondes Haar war klebrig-feucht, als hätte sie geschwitzt oder hätte Fieber. Sie sah blaß aus, müde und dünn. Helen wirkte sonst immer groß und gesund. »Eine große Blondine, die weiß, was sie will«, so hatte sie sich immer bezeichnet. Nun sah sie ausgelaugt aus.
Zum Fenster fiel ein schönes Licht herein, ein stahlgraues Licht mit gelben Sonnenflecken darin. Es regnete nicht mehr, obwohl der Wind wieder aufgefrischt hatte und den Boulevard Raspail entlangpfiff, am großen Löwen vorbei. Er stellte sich vor, wie der Wind über die glasigen Pfützen auf der Straße hinwegfegte. Er war froh, daß er nicht draußen war.
»Ich hab mir gerade überlegt, wie es wäre, einen Übersetzer zu haben«, sagte Helen. »Was das wohl für eine Erfahrung ist. Ich weiß auch nicht, warum ich mir das überlegt habe. So eine Erfahrung werde ich eben nie machen.« Sie blies Rauch gegen die Fensterscheiben und beobachtete, wie er am Glas hängenblieb, dünner wurde und verschwand.

»Nicht *ich* werde übersetzt«, sagte Matthews unter der Decke hervor. »Mein Buch wird übersetzt. Oder vielleicht auch nicht.«

»Stimmt«, sagte Helen und räusperte sich.

»Hast du Lust auf die Paris-Tour?«

»Natürlich.« Helen richtete den Kopf auf und warf ihm den strengen Blick einer Schulmeisterin zu. »Ich werde hier doch nicht rumsitzen, wenn Paris vor meinem Fenster liegt. Kommt gar nicht in die Tüte, chéri.«

»Ich dachte nur, daß es dir vielleicht nicht so gut geht.« Wenn er die Tagesdecke erst wieder hätte, könnte er genausogut auf Paris verzichten, trotz seiner mitternächtlichen Vorsätze. Er war *in* Paris. Was er auch tat, es würde schon richtig sein. Zum Beispiel im Bett bleiben und später irgendwo zu Abend essen. Das wäre genauso Paris wie Napoleons Grabmal.

»Was würdest du tun, wenn ich hier sterbe?« sagte Helen.

»Gottes willen!« sagte Matthews. »Wie kommst du denn darauf?« Der Gedanke daran jagte ihm einen Schrecken ein. Aber es war wohl einfach der Jetlag. Er hatte gelesen, daß Jetlag eine Art kleine klinische Depression sei. Alles Chemie. Und Helens Medikamente machten es sicherlich noch schlimmer. »Laß uns an was Angenehmeres denken.«

»Würdest du mich beerdigen lassen?« sagte sie. »Muß man an einem Ort leben, um dort beerdigt werden zu können? Hier, meine ich.«

»Keine Ahnung«, sagte Matthews. Er überlegte, ob er

Helen zu sich ins Bett bitten sollte, damit sie ihn etwas aufwärmte. Aber er wußte, was dann passieren würde. Selbst wenn sie sich zum Kotzen fühlte, wäre sie jederzeit dazu bereit.

»Ich mein's ernst«, sagte Helen. Sie rauchte noch immer gierig, wobei sie ihm aber einen mißbilligenden Blick zuwarf, weil er sie nicht ernst nahm.

»Ich würde dich auf der Stelle begraben lassen«, sagte Matthews. »Da, wo du umgefallen bist, wenn du das willst.«

»Das wollte ich allerdings«, sagte sie. »Wenn ich zum Beispiel in diesem Zimmer sterbe, möchte ich auf dem Friedhof Montparnasse beerdigt werden. Bei Baudelaire. Oder zumindest in seiner Nähe. Ich habe darüber gelesen.«

»Ich würde mich höchstpersönlich darum kümmern.«

»Nicht, daß ich jemals etwas von Baudelaire gelesen hätte.«

»*Fleurs du Mal*«, sagte er vom Bett aus.

»Meinetwegen«, sagte Helen. Sie guckte abwägend zum Fenster hinaus. Ihr Blick fiel, wie Matthews wußte, auf die weitläufige schöne, wenn auch düstere Winterlandschaft des Friedhofs. Inzwischen hatten sie das jüdische Grab sicherlich abgedeckt. In ihrer momentanen Verfassung mußte Helen nicht auch noch ein offenes Grab sehen.

»Wonach sehnst du dich, Charley?« sagte Helen. »Nicht, daß ich mich nach dem Tod sehne.« Helen drückte ihre Zigarette auf dem Metallvorsprung des Fensterrahmens aus und starrte auf die schwelende weiße Kippe.

»Ich weiß nicht, wovon du sprichst«, sagte er.
»Antworte mir einfach, okay?« sagte Helen. »Menschenskind, ganz der kleine Professor. Beantworte einfach die Frage. Gestern abend hast du gesagt, daß du aus dir etwas Besseres machen wolltest. Also gut. Und was wäre das? Ich tappe im dunkeln. Und es ist mir wirklich ernst.«
»Ich glaube, ich möchte nicht im Mittelpunkt aller Dinge stehen«, sagte Matthews, und ihm war plötzlich kalt, als hätte sie das Fenster aufgemacht.
Helen drehte sich zu ihm um und verzog den Mund, wobei ihre Augenlider tief über den großen blaßblauen Augen hingen. Sie kaute auf einer winzigen Ecke ihrer Unterlippe. »Das ist also deine Antwort?«
»Ja«, sagte er. Und so war es. Er hatte es bisher einfach nicht gewußt. Er sehnte sich danach, weniger Mittelpunkt der Dinge zu sein. Er begriff, daß ein fremdes Land – jedes fremde Land – einem genau das bieten konnte, etwas, was man zu Hause nie erwarten konnte. Die Vorstellung von zu Hause war sogar das Gegenteil dieses Gefühls. Zu Hause drehte sich alles um einen, was man besaß, was man mochte und was die anderen von einem dachten. Davon hatte er jetzt genug. Aber er erwartete natürlich nicht, daß Helen angesichts ihrer jetzigen Laune mit seiner Antwort etwas anfangen konnte. Er wußte nur nicht, was er sonst sagen sollte. Er nickte einfach – eine nicht gerade überzeugende, sogar etwas lächerliche Geste der Ernsthaftigkeit, die er ihr vom Bett aus zukommen ließ.

»Wenn man Krebs hat, geht's einem genauso«, sagte Helen leise, während sie das Kinn hob und auf die Faust stützte, so daß sie fast die Scheibe berührte. Matthews konnte draußen nur den weißen Himmel sehen, der plötzlich voller umherflatternder Krähen war. Kürzer als jetzt wurden die Tage nicht mehr. »Man hat die ganze Zeit das Gefühl, daß sich alles um einen selbst dreht.«

»Das kann ich mir vorstellen«, sagte Matthews und hatte auch wirklich das Gefühl, daß er es sich vorstellen konnte. Es fiel ihm sogar ziemlich leicht.

»Genau deswegen mag ich dich wahrscheinlich, Charley.«

»Warum?« sagte Matthews.

»Wenn ich mit dir zusammen bin, denke ich nicht sehr viel an mich. Sogar fast nie.«

»Und woran denkst du?« sagte Charley.

»Tja«, sagte Helen, »an wenig. Zumindest nicht an dieselben Dinge. Ich denk nur an das, was wir machen, wohin wir eine Fahrt unternehmen. Nichts Wichtiges. Genau das Richtige für mich, wirklich. Im Moment denke ich an Paris. Wenn du an Paris denkst, brauchst du nicht über dich selbst nachzudenken und was vielleicht mit dir nicht in Ordnung ist.«

»Ich hab gerade genau dasselbe gedacht.«

»Tja, siehst du«, sagte Helen. »Dann passen wir doch wohl gut zueinander, nicht?« Sie lächelte ihn an und zog sich die rosa Bettdecke bis ans Kinn.

»Das stimmt wohl«, sagte Matthews.

»Brrr. Jetzt ist mir aber kalt«, sagte Helen. »Zeit, sich Paris anzuschauen.« Sie streckte ein nacktes Bein unter der Decke hervor und berührte mit den Zehen den kalten Boden. »Wir haben ja nicht gerade Zeit zu verschwenden. Daß uns die paar schönen Augenblicke nicht einfach verrinnen.«

»Da hast du allerdings recht«, sagte Matthews, und er glaubte, daß es die Wahrheit war.

In den Straßen war es viel zu windig und kalt, um weit zu laufen. Helen hatte den ganzen Weg bis zu Napoleons Grabmal im Invalidendom zu Fuß gehen wollen, dann zum Eiffelturm (der ganz in der Nähe sei, wie sie sagte) und anschließend mit der Metro zu den Champs-Elysées, um von dort zur Place de la Concorde weiterzugehen. Sie wollten einen Tag nur zu Fuß gehen und Paris hautnah erleben.

Aber schon auf der Avenue du Maine wurde Matthews klar, daß ihre Stoffmäntel nicht dick genug waren, um sie vor dem reißenden Wind und dem Straßenstaub zu schützen, und Helen verkündete, daß sie sich inzwischen »zu steif« fühle, um eine lange Strecke zu laufen. Und so standen sie zitternd an einer Taxihaltestelle vor der Metrostation Montparnasse und fuhren von dort direkt zum Invalidendom.

Als sie angekommen waren, schien Helen eine ganze Menge über Napoleon, Ludwig XIV., die Kirche und all die Gebäude zu wissen. Früher, in West Virginia, sei Napoleon immer das Steckenpferd ihres Vaters gewesen, sagte sie. Überall in ihrem Haus habe es Bücher, Schlachtpläne, Postkarten, Porträts, Büsten und Andenken aller Art gegeben. Es sei der größte Wunsch ihres Vaters gewesen, so erzählte Helen, während sie leise und andächtig unter der hallenden Kuppel umhergingen, eines Tages am Geländer über dem Grabmal selbst zu stehen, so wie sie jetzt – und wie auch schon der gräßliche Hitler im Jahr 1940, wobei ihr Vater die Ehre natürlich würdiger erweisen wollte als der Führer. Helen zeigte ihm die Bildnisse der vier Evangelisten und das des heiligen Ludwigs, der Christus das Schwert darbietet, mit dem er die Ungläubigen besiegte. Sie wußte genau, wer mit Napoleon beerdigt worden war (seine Brüder und sein Sohn, der junge Adler) und daß die sterblichen Überreste des Kaisers wie die eines Pharaos auf sechs Särge verteilt waren, wobei die Särge aus verschiedenen wertvollen Materialien gefertigt waren. Und sie erkannte die zwölf Statuen, die das große rote Porphyrgrabmal umgaben, als »Geflügelter Sieg«: sie stellten das französische Volk dar, das durch den Tod des großen *empereur* vereint worden war.

Als sie wieder draußen in der Kälte des Nachmittags standen, starrte Helen zu der gewaltigen Kuppel hinauf. Sie hatte die Brille abgenommen und schirmte mit der Hand die Augen ab, als blendete sie die Sonne, die aber gar nicht schien. Hinter ihr lag die Avenue de Breteuil, wo Autos hupten und auch Busse, aus denen immer wieder neue Touristenhorden strömten. »Mir tut es nur so leid, daß mein Vater nicht mit mir hiersein kann. Oder an meiner Stelle«, sagte sie, während sie hinaufschaute. »Ihm würde das alles so viel bedeuten.«

Matthews war gerade mit seinem Roman beschäftigt, die Hände tief in seinem Trenchcoat begraben. Er fragte sich, ob er ihm nicht einfach den Untertitel »Erinnerungen« hätte geben sollen und basta. Es wäre besser gewesen, entschied er. Er hörte nicht, was Helen sagte, aber begriff, daß es etwas damit zu tun hatte, in Frankreich in der Armee zu sein und nicht lange nach Hitler ebendiesen Ort zu besuchen.

»Ich weiß, daß es ihm viel bedeutet hat«, sagte er und sah sich um. Wieder hatte er keine Ahnung, in welchem Teil von Paris er war. In welchem Arrondissement.

Weißt du, was die Leute wollen, wenn sie nach Paris kommen?« sagte Helen und starrte noch immer zu der leuchtenden Kuppel hinauf, die sich vor dem weißen Himmel abzeichnete.

»Nein«, sagte Matthews. »Keine Ahnung.«

»Sie wollen Franzosen sein.« Helen schniefte. »Die Franzosen sind ernsthafter als wir. Sie machen sich mehr Gedanken. Sie können zwischen wichtig und unwichtig unterscheiden. Man kann nicht einfach Franzose werden. Man muß sich damit zufriedengeben, man selbst zu sein.«

Als Matthews sich umblickte, sah er plötzlich den riesigen Koloß des Eiffelturms, der sich förmlich in den Himmel emporwuchtete, gewaltiger und monumentaler, aber auch sehr viel schöner, als er ihn sich vorgestellt hatte.

Keine der Miniaturnachbildungen machte deutlich, wie schön und elegant er war. Es war das Wunderbarste, was er je gesehen hatte. Besser als die Niagarafälle. Nur die Pyramiden, so dachte er bei sich, waren wahrscheinlich noch wunderbarer. Seine Freude darüber, den Eiffelturm zu sehen, schockierte ihn geradezu.

»Das stimmt«, sagte Matthews, und er nahm Helens kalte, steife Hand, in der sie noch die Brille hielt. Er glaubte, sie habe geweint, und wollte, daß sie aufhörte und einfach glücklich war. »Das ist der Eiffelturm«, sagte er fröhlich. »Er war versteckt, aber da steht er nun.«

»Ja, meine Güte«, sagte Helen, als sie ihn erblickte. »Ist ja nicht zu übersehen. Da steht er. Was bin ich froh, ihn zu sehen. Ich hab mich schon gefragt, ob ich ihn je sehen würde.«

»Ich mich auch«, sagte Matthews. »Ich war mir gar nicht sicher, ob es uns gelingen würde.«

»Was haben wir es gut«, sagte Helen. »Er ist das Wunder des Abendlandes.«

»Das ist er wohl«, sagte Matthews. »Und wir auch.«

Und dann gingen sie weiter.

Der Fußweg zum Eiffelturm erwies sich als länger, als Helen angenommen hatte. Was, wie sie dem *Fodor's* entnommen hatte, an einer weiten Biegung der Seine lag. »Es ist fast ein wenig wie in New Orleans.« New Orleans, sagte sie, sei ihre Lieblingsstadt in Amerika.

Sie sagte, daß es ihr dank der kühlen Luft schon besser

gehe, und glaubte, den Tag so fortsetzen zu können, wie sie es sich gewünscht hatte – ihr »erster Tag in Paris«: der Spaziergang entlang der Champs-Elysées, die Besichtigung der berühmten Hinrichtungsstätte, der Louvre, die romantische Bootsfahrt, dann die Suche nach dem unvergleichlichen Essen.

Helen sprach viel besser französisch, als Matthews angenommen hatte, und ging, weil sie sich nun besser fühlte, in verschiedene Geschäfte an der Avenue de la Bourdonnais und unterhielt sich dort lebhaft mit den Verkäuferinnen sowie mit den Blumen- und Zeitungshändlern in den Seitenstraßen, die auf den Champ-de-Mars führten. Helen bot mit alldem wahrhaftig ein Schauspiel, wie Matthews fand: Eine hochgewachsene, blasse, großbusige amerikanische Blondine mit dicken Brillengläsern, die die kleinen Franzosen mit ihrem französischen Redestrom förmlich überschwemmte – die Händler in ihren Schürzen blickten sie kurz irritiert an, bevor sie sich meist einfach wegdrehten und sie ignorierten. Das war unhöflich, aber er fand, daß er es ihnen nicht verübeln konnte. Sie hatten alle schon Helens gesehen, und das Leben hatte sich in nichts verändert.

Die Avenue de la Bourdonnais lag in einer wohlhabenden Gegend, wie Matthews feststellte: elegante Wohnhäuser, große Jaguar und BMW, die entlang des breiten baumgesäumten Boulevards parkten, viele Leute, die mitten auf dem Bürgersteig mit ihren Handys telephonierten. Vielleicht waren sie hier im Diplomatenviertel, überlegte er sich. Vielleicht war sogar die amerikanische Botschaft in der Nähe, da sie auf der Straße vielen Amerikanern begegneten, die sich aufführten, als könnten sie französisch – sein Schulfranzösisch war zu schlecht, als daß er sich daran hätte versuchen können. Wobei auch die Franzosen so wirkten, als führten sie etwas auf. Man konnte sie für Amateure halten, die etwas zu angestrengt Franzosen spielten. An dem gesamten Spektakel war nichts Natürliches.

Aber er konnte dem auch etwas Gutes abgewinnen: Wenn er Helen dabei zuhörte, wie sie mit einer Verkäuferin oder einem Blumenhändler plauderte und mit Hilfe des einen oder anderen aufgeschnappten Wortes zu verstehen versuchte, was sie gerade gesagt hatten, lag er fast immer daneben. Und so erfand er allmählich die Gespräche oder Teile davon aufgrund einer mißverstandenen Handbewegung oder eines falsch interpretierten Gesichtsausdrucks oder irgendeiner scheinbar bekannten Geste, die mit einem Wort verbunden war, von dem er irrtümlicherweise meinte, es zu kennen. Man konnte wohl geradezu danach süchtig werden, die anderen nicht zu verstehen. Die Zeit, während der man sich in einem fremden Land aufhielt, verbrachte man wahrscheinlich hauptsächlich damit, das meiste mißzuverstehen. Vielleicht stellte sich das letztlich als Segen heraus: vielleicht war es die einzige Art, sich überhaupt normal zu fühlen.

Auf der Rue Marinoni wühlte Helen in einem winzigen ungeheizten Laden für religiöse Kuriositäten in einem Behälter mit verschiedenfarbigen Plastikkruzifixen, dann sah sie eine Reihe von gerahmten farbigen Christusdarstellungen in den diversen Posen des Schmerzes und des Flehens durch und arbeitete sich schließlich durch einen Stapel kleiner bunter Frotteetücher, auf die – wie auf Sweatshirts – in verschiedenen Sprachen religiöse Motti aufgedruckt waren. Schließlich hielt sie eins hoch, ein rosafarbenes, auf dem in weißen Druckbuchstaben geschrieben stand: »Die Herrlichkeit Gottes liegt darin, die Dinge verborgen zu halten«.

»Was soll denn das heißen?« sagte Matthews. »Ist das als Witz gemeint?«

»Ich werde das jemandem zu Hause zu Weihnachten schenken, irgendeiner Freundin, die ihren Mann belügt.« Sie starrte auf ihre Handfläche und versuchte, die richtigen Münzen herauszusuchen. Sie schien wieder erschöpft. Die junge chinesische Verkäuferin sah sie an und verzog den Mund. »Es ist ein Spruch«, sagte Helen und strich mit dem Finger durch ihre Münzen. »Für jeden wird er eine andere Bedeutung haben.« Sie lächelte ihn an. »Und gefällt dir Paris inzwischen?« sagte sie. »Hast du das Gefühl, nicht mehr im Mittelpunkt von allem zu stehen? Da brauchst du nämlich keine Angst zu haben.«

»Es hat hier nichts besonders Weihnachtliches.«

»Das kommt daher, daß du nicht religiös bist. Außerdem bist du verwöhnt«, sagte Helen. »Für verwöhnte Leute ist nicht mal das Echte gut genug. Weißt du das nicht?«

»Ich glaub nicht, daß ich verwöhnt bin«, sagte Matthews.

»Das glauben verwöhnte Leute nie. Du bist es aber.« Sie

sagte das freundlich, nicht um ihn anzuklagen. Vielmehr schien sie eine allgemein bekannte Wahrheit auszusprechen, über die man gar nicht reden mußte. »Verwöhnte Leute glauben eben, daß sie nicht der Mittelpunkt der Dinge sein wollen«, sagte sie. »Ich bin auch nicht anders. Ich bin nur nicht ganz so verwöhnt wie du. Aber es ist schon in Ordnung. Du kannst ja nichts dafür. Es hat dich ja schon weit gebracht.« Sie lächelte ihn wieder an und sah sich in dem kleinen Laden um, wo tausend bunte Darstellungen Christi auf sie herabblickten, mitleidsvoll und ergeben.

Auf der ersten Plattform des Eiffelturms, auf 57 Meter Höhe, wurde Helen sofort übel, und sie bekam weiche Knie. Sie sagte Matthews, daß sie spüre, wie die ganze Konstruktion »in himmlischen Höhen« hin- und herschaukele und -schwanke, und daß sie es niemals zur zweiten Plattform auf 115 Meter und erst recht nicht nach ganz oben auf 276 Meter schaffen würde, wo man weiter als siebzig Kilometer blicken und das wirkliche Paris sehen konnte.

Sie ging jedoch zu dem großen schrägen Fenster hinüber, von wo aus man nach Norden auf den Triumphbogen, die Champs-Elysées und weiter – zumindest laut der farbigen Karte unter dem gläsernen Panorama – auf die von einem tiefen Himmel verdeckte Sacré-Cœur und Montmartre blickte.

»Da auf Montmartre haben alle Künstler gemalt, auch

Picasso«, sagte Helen und schaute angestrengt über das große trübfarbene Raster der winterlichen Stadt. »Ich hab natürlich gedacht, daß ich das nie zu sehen bekomme. Im Moment hab ich allerdings nicht das Gefühl, daß ich das hier alles überhaupt aufnehmen kann. Und so ist es wohl auch.«

Die meisten anderen Besucher auf der ersten Plattform waren Deutsche, von denen Blumberg ja gesagt hatte, sie könnten seinetwegen gemeinsam mit den Amerikanern die Stadt besetzt halten, bis die Franzosen aus wärmeren Gefilden wiederkehrten. Matthews verstand kein Deutsch, bewunderte aber an den Deutschen, daß sie so wohlhabend aussahen und sich offensichtlich ganz unbeschwert in einer Stadt bewegten, in der sie einst einmarschiert waren. Er fragte sich, was Helens Vater wohl davon gehalten hätte.

Er erinnerte sich vage an ein Buch, das er gelesen oder sogar in einem Seminar durchgenommen hatte, in dem zwei Männer mit einem Taxi in den Rotlichtbezirk in der Nähe des Montmartre fahren und ein Orchester in einem Nachtclub spielt und viele GIs mit französischen Mädchen tanzen. Letztlich, dachte er, war das Unterrichten nur zu dem einen gut: Man drang in ein gelebtes Leben ein, um es dann zu einer unentwirrbaren Anhäufung verlorener Tage und vergeudeter Erfahrungen herabzuwürdigen. Er fragte sich, wieviel Leben er schon daran verschwendet hatte, und versuchte, einen Moment lang auszurechnen, wie viele Tage er schon auf der Erde zugebracht hatte und wie viele ihm vielleicht noch blieben und wie viele er schon auf den Müll geschmissen hatte. Er kam immerhin darauf, wie viele Tage er gelebt hatte – 13 605 –, war dann aber zu gereizt, um weiterzurechnen.

»Richard Wright«, sagte er.

»Hmmm?« sagte Helen. Sie hatte schon lange nichts mehr gesagt, während sie weiter alles durch das Panoramafenster aufsog. Immer mehr Deutsche umzingelten sie, schoben sich neben sie und zeigten draußen auf Sehenswürdigkeiten in der vor ihnen ausgebreiteten Stadt, die sie zunächst auf der Karte ausgemacht hatten. Matthews hörte das Wort »Bedienung«. Er nahm an, daß es Bewunderung ausdrückte: die Anerkennung eines dem Vaterland auf immer verlorenen Paradieses. Die Deutschen lachten jedenfalls, was immer das Wort auch bedeuten mochte. »Bedienung«, sagte er leise vor sich hin und stieß jenes kleine keuchende Geräusch aus, das er bei Blumberg gehört hatte.

»Was hast du gesagt?« fragte Helen.

»Mir ist gerade eingefallen, daß ich mal ein Buch gelesen habe, in dem eine wichtige Szene auf dem Montmartre stattfindet«, sagte Matthews. »Ich glaube, es ist von Richard Wright.«

Helen sah aus, als hätte sie nicht die geringste Ahnung, was das für ihn bedeuten könnte. Sie blinzelte hinter ihren Brillengläsern und sah beunruhigt aus.

»Bedienung«, sagte Matthews, ohne zu keuchen.

»Wer?«

»Schon in Ordnung«, sagte er. »Ist nicht wichtig.«
»Der Professor«, sagte Helen und sah wieder voller Konzentration auf die matte graubraune Oberfläche von Paris, als führte sie hier das Kommando.

Als Helen von ihrem Ausflug zur Damentoilette des Eiffelturms zurückkehrte, war sie nicht allein. Sie war in Begleitung eines Mannes und einer Frau, und alle drei amüsierten sich lauthals über etwas.
»Schau mal, wer nichts Besseres zu tun hat, als auf den Eiffelturm zu steigen«, sagte Helen noch lauter. Sie tat so, als verlöre sie auf dem im Wind schwankenden Turm das Gleichgewicht. »Hoppla«, sagte sie und lachte wieder. Helen war offensichtlich nicht mehr übel, sie schien geradezu fröhlich. Matthews bedauerte, daß diese Leute aufgetaucht waren. Man konnte sich den ganzen Aufenthalt verderben, dachte er, wenn man irgendwelchen Bekannten über den Weg lief. Man verlor das Gefühl, einsam auf hoher See vor sich hin zu treiben – ein Gefühl, das er allmählich genoß.
»Das sind Rex und Schmusi«, sagte Helen.
»Schmusi, von wegen«, sagte Schmusi, rollte die Augen und zwinkerte Matthews zu.
»Schmust zuviel«, sagte Helen.
Die Deutschen starrten sie an. Matthews tat es bereits leid, daß er diesen Leuten begegnet war.
»Das ist Charley«, fuhr Helen fort. »Charley ist mein *amour impropre.* Zumindest mein *amour temporaire.*«

Er schüttelte Rex die Hand, der gleich mitteilte, daß er und die Frau Freunde von Helen seien, »aus alten Pittsburgher Zeiten«.

»Wir sind Amerikaner«, sagte Schmusi und strahlte.

»Als hätte er es nicht geahnt«, sagte Helen und warf Schmusi, die eigentlich Beatrice hieß, einen zweifelnden Blick zu. »Beatrice, die Aktrice«, sagte Helen. »Sie führen uns heute abend zu unserem unvergleichlichen Essen aus.«

»Das haben wir auf dem Weg vom *mesdames* entschieden«, sagte Beatrice. Sie war eine viel zu schmale Frau, aufdringlich gebräunt, mit knielanger schwarzer Radlerhose, die sie mit weißen Söckchen und Ballettslippern trug. Sie hatte eine große schwarze Motorradjacke an und sah wie aus den fünfziger Jahren aus. Wie eine, die ganze Jahre in Cafés verbracht hatte, viel zuviel Marihuana geraucht, viel zuviel schlechte Gedichte gelesen und wahrscheinlich auch geschrieben hatte. Solche Leute waren immer Langweiler, die zu allem irgendeine lautstark verkündete idiotische Meinung hatten. Er sah sich um. Deutsche und Japaner – Achsenmächte-Touristen – liefen auf der Aussichtsplattform herum. Sein Blick fiel auf die Stadt, auf die sogenannte Stadt des Lichts, ein Ort, wo ihn keiner kannte, ein aufregender Ort, bis eben noch. Ihm war leicht schwindlig.

»Bea und Rex kommen einmal im Jahr zum Eiffelturm«, sagte Helen. »Findest du das nicht romantisch?«

»Doch«, sagte Matthews.

»Sonst könnte man glatt vergessen, daß man in Paris ist«, sagte Rex mit ernster Stimme.

»Hier könnte man allerdings glauben, in Tokio zu sein«, sagte Helen und betrachtete die kleinen Gruppen japanischer Touristen, die plappernd zu den Panoramafenstern hindrängten und dabei an ihren Kameras hantierten.

Rex betrachtete die Japaner, ohne zu lächeln. Er war ein großer, dicklicher Mann mit teigiger Haut, der Cowboystiefel trug und etwas, was sein Vater immer einen Reisemantel genannt hatte. Als er zehn war, hatte er selbst auch einen Reisemantel gehabt – passend zu dem seines Vaters. Rex hatte sich einer Haartransplantation unterzogen, was an der kleinen ordentlichen Reihe dünner Haarfollikel zu erkennen war, die sich quer über seinen Kopf zog. Es schien erst kürzlich gemacht worden zu sein – oder vielleicht hatte etwas nicht ganz geklappt. Aber Rex schien sich darüber zu freuen, daß er Helen hier oben getroffen hatte, hier, auf dem Eiffelturm, wo er ohnehin gerne war. Rex war zweifellos in Helens Alter und sah aus, wie Männer in Helens Alter eben aussehen, wenn etwas schiefgegangen ist. Rex mochte etwa hundertzwanzig Kilo wiegen. Bea hingegen vielleicht vierzig.

»Sie sind Schriftsteller?« sagte Rex wie im Scherz.

»Nicht ganz«, sagte Matthews. Ein Mann in der dichten Menge, zweifellos Amerikaner, sah ihm direkt ins Gesicht, als er Rex sagen hörte, er sei Schriftsteller. Der Mann fragte sich offensichtlich, ob Matthews berühmt sei, und wenn ja, um wen es sich handele.

»Bea schreibt Gedichte«, sagte Rex.
»Fabelhaft«, sagte Matthews. Helen und Bea unterhielten sich leise. Bea schüttelte den Kopf, als sei sie überrascht, und blickte dann kurz zu Matthews herüber. Es ging wahrscheinlich um irgendwelche Anschuldigungen, die Helen nie gemacht hätte, wenn sie nicht Schmusi und Rex über den Weg gelaufen wäre. Plötzlich sang irgendwo auf der Plattform ein richtiggehender Chor von Stimmen ein deutsches Weihnachstlied. »O Tannenbaum ...« Und die ganze Szene in 57 Meter Höhe hatte unversehens etwas Unheilvolles, Chaotisches.
»Es ist sicherlich eine Last, schreiben zu müssen«, schrie Rex ihm fast ins Ohr.
»Nein, nein«, sagte Matthews und bemühte sich, laut genug zu sprechen.
»Ist mir nie so gegangen«, sagte Rex. »Ich hatte nie den Drang.«
Plötzlich hörte das Singen auf, als hätte jemand von der Aufsicht beschlossen, daß es zu laut sei.
»Das ist doch in Ordnung«, sagte Matthews nun in gewöhnlicher Lautstärke. »Ich verspüre auch keinen Drang.«
»Natürlich ist es in Ordnung, verdammt«, sagte Rex aus irgendeinem Grund in strengem Tonfall. »Was immer man sich vornimmt, ist in Ordnung.«
Rex' traurige braune Augen standen weit auseinander, getrennt durch den breiten Keil einer Nase, die wahrscheinlich mehrere Male gebrochen worden war. Rex wirkte dumm wie ein Ochse, und Matthews hatte keine Lust,

mit ihm essen zu gehen. Helen wäre höchstwahrscheinlich ohnehin nicht dazu in der Lage.
»Da haben Sie wohl recht«, sagte Matthews und lächelte, doch Rex sah sich nach den Sängern um.
Helen und Bea kamen wieder zu ihnen herüber und hatten sich inzwischen einen Plan ausgedacht.
»Clancy's. Wir wollen im Clancy's essen«, sagte Helen.
»Ich weiß, das klingt nicht gerade französisch«, sagte Bea. »Aber wieviel französisches Essen kann der Mensch vertragen? Es wird Ihnen gefallen.«
»Matthews geht's nur darum, daß es unvergleichlich ist«, sagte Helen. »Aber er ißt, was ich ihm vorschreibe.«
»Gut so«, sagte Bea und tätschelte Matthews den Arm.
Matthews mochte es nicht, wenn man ihn Matthews nannte. Helen tat es manchmal, wenn sie etwas getrunken hatte, und hörte dann stundenlang nicht damit auf. Außerdem hatte Helen damit angefangen, daß sie »unvergleichlich« essen gehen wollte. Es war ihr Pariser Traum. »Unvergleichlich« war ein Wort, das er nie benutzen würde.
»Also, Kinder, wir müssen jetzt los«, sagte Bea, packte Rex' großen Arm und schmiegte sich an ihn. Matthews merkte, daß er Rex' Haaranpflanzung anstarrte – was Rex sicher schon längst gewöhnt war. »Wir sehen uns dann um acht. Und schön pünktlich, nicht *en retard*«, sagte Bea. Und damit verschwanden sie in der Menge.
»Bea ist 'ne Wucht«, sagte Helen.
»Aha«, sagte Matthews. Bea und Rex warteten auf den

Fahrstuhl. Bea winkte ihnen noch einmal hinter den umherlaufenden Touristen zu. Er wollte noch bleiben, bis sie verschwunden waren und er sie hoffentlich nie wiedersehen würde.

»Machst du dir im Geist schon Notizen für deinen nächsten Roman?« sagte Helen. »Das hoffe ich jedenfalls.«

»Wer hat denn gesagt, daß ich noch einen Roman schreibe?«

»Ich weiß nicht«, sagte Helen. »Aber was willst du sonst machen? Sofas verkaufen? Sehr viel mehr kannst du doch inzwischen gar nicht. Das – und darauf beharren, daß dir so manches nicht gefällt.«

»Was gefällt mir nicht?« sagte Matthews gereizt. »Du gefällst mir.«

»Na klar. Und Schweine haben Ohren.«

»Schweine haben auch Ohren«, sagte er. »Zwei. Pro Schwein.«

»Flügel. Also gut, Schweine haben Flügel. Du weißt schon, was ich meine.«

Er wußte überhaupt nicht, was sie meinte. Aber Helen ging schon auf den Fahrstuhl zu. Bea und Rex waren verschwunden. Er kam gar nicht dazu, darüber zu reden, was er mochte und was nicht. Zumindest jetzt nicht. Er ging einfach hinterher, folgte ihr zum Fahrstuhl und dann hinaus.

In dem Gedränge des Quai Branly, am Fuß des Eiffelturms, blieb Helen in dem böigen Wind stehen und starrte wieder in den bewegten, wolkenverhangenen Himmel hinauf, in dem die Turmspitze verschwunden war.

»Ganz oben hätten wir sowieso nichts gesehen«, sagte sie. »Glaubst du nicht? Wir haben alles gesehen, was man sehen konnte.«

»Glaub ich auch«, sagte Matthews.

Auf der anderen Seite des geschäftigen Boulevards waren der Pont d'Iéna und der Fluß, den man kaum erkennen konnte. Sie waren auf dem Weg vom Flughafen im Taxi darüber gefahren, aber nun, da er näher am Wasser war, das aufgewühlt und braun und mit einem leicht ranzigen Wintergeruch vor ihnen lag, fand er, daß er der Stadt einen bedrohlichen Zug gab – was aber wohl nicht ganz korrekt und wahrscheinlich nur ein momentaner Eindruck war. Es war jedoch ein ganz neues Gefühl, daß Paris bedrohlich wirken konnte: eine Stadt mit einem solchen Fluß konnte jeden atmosphärischen Zug annehmen. Er wollte Helen von seiner Empfindung erzählen, nahm aber an, daß es sie nicht interessieren würde.

Als sie zehn Minuten den Quai bis zum Pont de l'Alma entlanggegangen waren, wo der Reiseführer sie anwies, den Fluß zu überqueren, um zu den Champs-Elysées und dem Triumphbogen zu gelangen und somit Helens Bedürfnis nach einem historischen Spaziergang zu befriedigen, setzte sie sich auf eine Bank, legte den Kopf zurück, atmete tief ein und wieder aus.

Das war wohl ihre Art, alles in sich aufzunehmen.

Er stand auf und blickte über den bewegten Fluß auf den Trocadéro und das Palais de Chaillot – Namen, die er im *Fodor's* gesehen hatte und nun zuordnen konnte, jedoch ohne einen Schimmer davon zu haben, was in diesen Gebäuden stattfand oder sie so bedeutend machte. Sie sahen aus, als hätte man sie für eine Weltausstellung errichtet und später dann irgendeine Verwendung für sie finden müssen – wie für das Shea-Stadion in New York. Im Grunde genommen eine Fehlplanung. Überall an der Pariser Skyline konnte man die Silhouetten von Baukränen entdecken. Im Taxi hatte er auf einem einzigen kleinen Trümmergrundstück über siebzehn gezählt.

Er hatte inzwischen allerdings das Gefühl, als sei *er* mit *Helen* hier, daß sie die Fäden in der Hand hielt; während es zuvor, gestern noch, seine Reise gewesen war, auf der sie ihn begleitete. Nun aber hatte sie, zumindest an diesem Nachmittag, die Ereignisse nach ihren Wünschen gestaltet, so daß er sich überraschend und unbehaglich jung fühlte, viel jünger als die acht Jahre, die sie trennten. Und doch ging sie darin viel leidenschaftlicher auf als er. Wie konnte das sein? fragte er sich.

»Ich bin völlig erledigt«, sagte Helen. »Ich kann keinen einzigen Schritt mehr gehen. Ich hab mich zu gut amüsiert.« Sie hatte die Brille abgesetzt und schob sich gerade eine Tablette in den Mund.

»Wir können ja ein Taxi zur Place de la Concorde nehmen«, sagte Matthews. »Es wäre doch trotzdem nett, den

Ort zu besichtigen, wo man den Leuten den Kopf abgehackt hat.«

»Darauf kann ich gut verzichten«, sagte Helen. »Mir ist schwindlig, und ich bin ganz steif. Mir ist auf dem Eiffelturm schwindlig geworden. Ich bin aber trotzdem froh, daß ich da gewesen bin.« Sie hatte offensichtlich Schwierigkeiten, die Tablette hinunterzuschlucken. »Ich glaube, ich muß jetzt nach Hause.«

»Wie? Zurück nach West Virginia?«

»Erst mal ins Hotel«, sagte sie. »Ich muß mich eine Weile hinlegen. Mir ist ganz schwach.« Autos, Motorräder und Busse brausten auf dem Quai an ihnen vorbei. »Tut mir leid, daß ich so zickig war«, sagte sie. Den Kopf wieder zurückgelegt, starrte sie in den weißen Himmel.

»Du warst gar nicht zickig«, sagte Matthews. »Du hast bloß gesagt, daß du mir nicht besonders gefällst. Aber das stimmt nicht. Du gefällst mir sogar sehr gut. Es ist nicht gerade einfach, jetzt hierzusein.«

»Ich weiß. Es sollte aber einfach sein«, sagte Helen. Sie betastete mit der Fingerspitze die kleine Kuhle, die ihre Brille auf dem Nasenrücken hinterlassen hatte. »Eigentlich solltest du es dir hier so richtig gutgehen lassen. Du solltest sterben und in den Himmel kommen, alles an einem Tag.«

»An sich müßten wir uns inzwischen an das gewöhnt haben, was eigentlich passieren sollte«, sagte Matthews.

»Das klingt wie einer, der noch immer seiner ersten Frau nachtrauert«, sagte Helen und grinste, während sie immer noch in den Himmel starrte. »Aber hinterher kann man nicht gehässig sein. Du solltest die Dinge von ihrer rosigen Seite sehen.«

»Und die wäre?«

»Ach, mal überlegen«, sagte Helen fast träumerisch. »Wie geht mein kleines Motto, mein kleiner Spruch?«

»›Die Herrlichkeit Gottes liegt darin, die Dinge verborgen zu halten.‹«

»Da hast du's«, sagte Helen. »Heißt das nicht einfach: Nimm zwei Tabletten und ruf mich morgen früh an, sprach der Herr?«

»Wahrscheinlich«, sagte Matthews. »Es könnte auch heißen: Halt endlich die Klappe.«

»Da hast du's. Und warum hältst du nicht die Klappe?« Helen lächelte ihn freundlich an, während er dastand, allein auf dem kalten Bürgersteig, die Hände in den Manteltaschen, den kalten Wind um die Ohren. »Nichts für ungut.«

»Nein, schon gut«, sagte Matthews und begann, in dem dichten Verkehr des Boulevards am Fluß nach einem Taxi zu winken.

Im Hotel fielen sie beide ins Bett und dann sofort in einen tiefen Schlaf, aus dem er erst im Dunkeln wieder erwachte, so daß er keine Ahnung hatte, wo er war oder welcher Tag es war oder – zumindest einen Augenblick lang – wer Helen Carmichael sein mochte, die da neben ihm atmete. Die Luft war dampfig, und er schwitzte und spürte den warmen Schweiß auf Helens nacktem Rücken. Er lag eine ganze Weile da, als laste eine große Bürde von Müdigkeit und Schlaf auf seiner Brust, und schließlich ließ er sich wieder in die Dunkelheit sinken, als sei die Dunkelheit des Schlafs besser als die Dunkelheit des Unbekannten.

Im zweiten Schlaf hatte er lebhafte Träume. Er saß in einem jener typischen Pariser Straßencafés (was er noch nie getan hatte), gleichzeitig beobachtete er sich auch dabei. Er trug einen schweren schwarzen Mantel, einen roten Schal und ein unansehnliches schwarzes Barett und redete mit ungeheurer Geschwindigkeit auf jemanden ein. Er konnte nicht erkennen, mit wem er sprach, aber er zweifelte nicht daran, daß es Penny war. Er trug noch seinen Ehering.

Und er sprach französisch! Französische Wörter (alle unverständlich) strömten aus seinem Mund, so, wie sie aus dem Mund eines jeden Franzosen strömten, ohne Punkt und Komma. Er erhielt allerdings keine Antwort, mit wem er auch sprach. So daß nur er allein, Charley Matthews, redete und redete und redete, in perfektem Französisch, das er wie durch ein Wunder nun beherrschte – als sein eigener Beobachter jedoch keinesfalls verstand.

Der Traum schien gemäß jener eigenartigen Traumzeit gar nicht mehr aufzuhören, bis Matthews plötzlich mit dem Gefühl erwachte, daß er sich aus irgendeinem aussichtslosen Rennen erlöst hätte. Er war erschöpft, sein Herz klopfte, seine Beine schmerzten, und selbst seine

Schultern fühlten sich steif an, als wäre sein Schlaf tatsächlich eine Last gewesen, die er seit Tagen hätte tragen müssen.

Im Zimmer war das grelle Neonlicht angeschaltet worden, und Matthews lag eine Weile nackt da und starrte die blasse Röhre an, als gewährte sie ihm Sicherheit, wobei er noch immer nicht ganz begriff, wo er war und weshalb gerade hier.

»Schlaf nicht ewig weiter«, hörte er Helen sagen.

»Warum nicht?«

»Es bringt deinen Rhythmus durcheinander. Du mußt jetzt aufwachen, damit du nachher schlafen kannst.«

Matthews hob nur den Kopf und sah an seinem Körper entlang. Helen stand in der Badezimmertür, ein Handtuch um Brüste und Taille geschlungen. Mit einem weiteren Handtuch trocknete sie sich in dem helleren Licht des Badezimmers die Haare. Umrahmt von der Tür, sah sie groß und gewichtig aus. »Junoesk« war ein Wort, das ihr gefiel. Deren Haltung und Verkörperung brachte Helen auch auf den Gedanken, daß die meisten Leute mit ihr nicht zurechtkamen und daß sie für die meisten Männer eine Nummer zu groß war. Matthews starrte sie in dem erleuchteten Durchgang an und fand, daß der blumige Seifengeruch von der Dusche inzwischen den Schweißgeruch im Zimmer überdeckt hatte.

»Wir haben den ganzen Tag noch nichts gegessen«, sagte Helen. »Ist dir das aufgefallen? Ich hab allerdings auch gar keinen Hunger.«

Die Verabredung mit Beatrice und Rex kam ihm unseligerweise wieder in den Sinn. »Haben wir das Essen mit deinen Freunden abgesagt, oder hab ich das nur geträumt?«

»Das hast du geträumt.« Helen hielt den Kopf schräg, so daß ihr langes blasses Haar zur Seite fiel und sie die unteren Strähnen trocknen konnte.

»Hätten wir aber mal tun sollen«, sagte Matthews. »Ich würde lieber hier sterben, als im – wie heißt es noch mal? – essen zu gehen.«

»Clancy's«, sagte Helen, atmete tief ein und seufzte. »Clon-ssie. Du mußt ja nicht mitkommen.«

»Wenn du gehst, muß ich wohl mit«, sagte Matthews. »Wie geht's dir denn?«

»Mir geht's großartig«, sagte sie. »Ich hab beschlossen, als nächstes dein Buch zu lesen.«

»Mein Buch?« sagte Matthews.

»Ja«, sagte Helen. »*Ton livre.*«

»Es wird dir nicht gefallen«, sagte Matthews. »Es gefällt niemandem außer den Franzosen.«

Dieser erste wirklich klare Gedanke war ihm nicht gerade willkommen. Bisher hatte Helen immer so getan, als fände sie es lediglich amüsant, sogar etwas peinlich und albern, daß er ein Buch geschrieben hatte. Jedenfalls war das Buch es nicht wert, ihre Zeit damit zu vergeuden. Ein spannendes, aber wertloses Hobby. Ihre Standardantwort, die selbst Matthews' Eltern und Schwester zu hören bekommen hatten, lautete, daß sie nicht vorhabe, *Das*

Dilemma zu lesen, weil sie dann entweder so beeindruckt davon wäre, daß Matthews sie einschüchtern würde, oder es so furchtbar fände, daß sie ihn nie wieder würde ernst nehmen können und ihre Beziehung aus und vorbei wäre. (Ihm hatte sie gesagt, daß nur die zweite Hälfte der Antwort entscheidend sei.) Matthews war es nur recht gewesen, auch deswegen, weil er in den letzten Monaten seiner Arbeit am *Dilemma*, als er seine Liebschaft mit Helen begonnen hatte, eine Figur eingebaut hatte, die – das war selbst ihm klar – in gewisser Weise ihr nachempfunden war: eine hochgewachsene Frau mit aschblondem Haar (prallbusiger Rockette-Typ), die er als vulgäre Person überzeichnet hatte: sie trug Slingpumps und an den Seiten geschlitzte Kleider und redete mit lauter Stimme über irgendwelche unanständigen Dinge. Der Protagonist allerdings klammerte sich an sie, nachdem seine Frau ihn verlassen hatte, auch wenn sie wenig gemeinsam hatten außer Sex. Matthews sah in dieser Frau nicht Helen Carmichael; er hatte nur ein oder zwei oberflächliche Details von ihr übernommen. Auf keinen Fall hatte er Helen damit taxieren oder porträtieren wollen.

Aber das sollte er Helen erst mal erklären. Helen hatte eine klare Vorstellung von ihrem Wesen und ihrer Integrität. Sie verbrachte aber auch recht viel Zeit damit, das Niemandsland um sie herum nach möglichen Gegnern und Ungläubigen wie der rasiermesserscharfe Strahl eines Scheinwerfers abzusuchen. Und außerdem war sie nicht dumm – auch wenn sie am liebsten Bestseller und irgendwelche gräßlichen Krimis las. Ihr würde die Figur der Carlette als nicht besonders schmeichelhaftes Bild ihrer selbst erscheinen, und sie würde sich sicherlich furchtbar darüber aufregen. Matthews war nicht gerade versessen darauf, sich während einer teuren und ohnehin beinahe verdorbenen Europareise damit auseinanderzusetzen.

Und er würde ihr nicht einmal einen Vorwurf machen können, wenn man mal davon ausging, daß sie überhaupt bis zu dem Teil mit Carlette vordrang. Wahrscheinlich freuen sich die wenigsten, wenn sie sich in der erfundenen Geschichte eines anderen wiederentdecken. Ihm war klar, daß es eine Frage von Macht und Autorität war: Ein Mensch wurde von einem anderen in Beschlag genommen, man könnte sogar sagen, gestohlen – und das alles für bestenfalls belanglose Zwecke. Und genauso würde es Helen zweifellos sehen. Und deswegen würde er sie, wenn es ihm irgendwie gelänge, davon abhalten wollen, in nächster Zukunft *Das Dilemma* zu lesen – damit sie sich erst gar nicht aufregen mußte.

»Mir wird es mit Sicherheit nicht gefallen«, sagte Helen, die inzwischen wieder in dem winzigen Badezimmer verschwunden war. Matthews hörte, wie sie irgendein Gefäß aufschraubte und dann den Deckel einer Tablettendose aufdrückte. »Ich dachte nur, daß es mir vielleicht etwas Interessantes über dich verraten könnte.«

»Ich bin nicht besonders interessant.« Matthews starrte unglücklich zur Neonröhre hinauf, die ein zitterndes, dünnes grünliches Licht von sich gab. Er zog die Decke über seinen Unterkörper, obwohl es im Zimmer noch immer dampfig war.

»Das glaub ich dir gerne«, sagte Helen. Sie öffnete das Badezimmerschränkchen und schloß es wieder. »Ich will bloß den *wahren* Charley Matthews aufdecken. Den Mann, der sich hinter was-auch-immer versteckt. Was immer die Franzosen so aufregend an dir finden. Vielleicht bist du ja ein ganz tiefes Wasser, und ich weiß es bloß nicht.« Helen steckte den Kopf hinter der Tür hervor und grinste ihn böse an. »Verstehst du? Tiiieeef«, sagte Helen. »Ganz tiiieeef.«

»Ich bin überhaupt nicht tief«, sagte Matthews. Er fühlte sich gefangen.

»Weiß ich«, sagte sie und verschwand wieder.

Kurz darauf tauchte sie wieder mit fast trockenen Haaren im Slip auf. Sie ging behutsam durch das winzige unordentliche Zimmer zu ihrem blauen Koffer, der geöffnet auf dem Boden lag, und hockte sich daneben, um saubere Sachen herauszunehmen.

Als Matthews sich auf die Seite drehte, um etwas über die absolute Geistlosigkeit seines Romans zu sagen, bemerkte er zu seiner Überraschung, daß Helen einen riesigen lilaschwarzen, sogar braunen Fleck auf dem linken Oberschenkel hatte. Und auf dem anderen Oberschenkel entdeckte er jetzt noch einen, genau unter ihrem Slip, gerade da, wo sich ihre Pobacken auf jene Art, die ihm so gut gefiel, hervorwölbten.

»Um Himmels willen, was sind denn das für Riesenflecken!« sagte er und stützte sich auf die Ellbogen, als ob er sie genauer sehen wollte. »Sieht aus, als wärst du von 'nem Laster gefallen.«

»Danke«, sagte Helen, die noch immer in ihrem Koffer stöberte.

»Wo kommen die denn her?«

»Ich weiß es nicht.« Helen hörte für einen Moment auf, in ihren Kleidern herumzuwühlen, und sah zum Fenster hinauf, einem vollkommen leeren nächtlichen Vorhang, der keinen Lichtstrahl entweichen ließ. Sie holte tief Luft und seufzte. »Vielleicht liegt es an den Medikamenten«, sagte sie und schüttelte den Kopf. Dann kniete sie sich hin und machte sich wieder an ihrem Koffer zu schaffen. »Wenn du mitkommen willst, solltest du dich mal langsam anziehen.«

»Sind die einfach so aufgetaucht?« sagte Matthews. Er war wie erstarrt angesichts dieser Flecken, die wie große düstere expressionistische Gemälde aussahen oder wie Gewitterwolken.

»Ist was aufgetaucht?«

»Diese Flecken.«

»Ja, genau.« Einen Moment lang schien sie ihre Hüfte betrachten zu wollen, da, wo der Saum des Slips genau über dem einen Fleck verlief, tat es aber dann doch nicht. »Hast du schon mal solche Flecken gehabt?« sagte er, noch vom Bett aus. »Ich hab sie noch nie gesehen.«

»Hör mal, was macht das schon?« fragte Helen, die plötzlich sehr gereizt wirkte. »Ich habe eben einen blauen Fleck. Na und? Ich kann's nicht ändern.«

»Tun sie weh?«

»Nein. Sie tun nicht weh. Ich hätte gar nicht darüber nachgedacht, wenn du mich nicht angestarrt hättest, als käme ich direkt aus dem Kuriositätenkabinett. Also laß mich damit in Ruhe.«

»Sollen wir vielleicht zum Arzt gehen?« Ihm war klar, daß mysteriöse Flecken dieser Art etwas Ernstes waren. Solche Flecken – und vielleicht hatte sie noch mehr davon – holte man sich nicht, wenn man sich am Bett oder an einem Sessel stieß. Sie hatten womöglich mit Helens Krebs zu tun. Vielleicht war sie wieder krank, und vielleicht war die Tatsache, daß sie sich am Morgen so schwach und steif gefühlt hatte und ihr dann am Nachmittag schwindlig gewesen war, ein Anzeichen dafür, daß der Krebs wieder in ihr arbeitete. Womöglich wußte sie es schon und wollte nur nicht, daß ihre Reise davon gestört wurde.

»Ich geh zu Hause zum Arzt«, sagte sie. Sie zog einen der kurzen Röcke an, die sie immer trug, einen pfirsichfarbenen, der nun die Flecken bedeckte.

Helen wußte, worüber er nachdachte, das war eindeutig, und ihm war klar, daß er nichts mehr sagen sollte, da sie ohnehin nicht zum Arzt wollte. Und wo hätten sie um sieben Uhr abends eine Woche vor Weihnachten einen Arzt in der Rue Froidevaux aufgetrieben? Er erinnerte sich an glänzende Messingtafeln, die an den Eingängen imposanter Wohnhäuser auf der Avenue de la Bourdonnais eingelassen waren. »Dr. So-und-so, Chirurgien.« Solche Typen waren um sieben Uhr abends nicht zu sprechen. Sie waren alle verreist und setzten sich in diesem Augenblick zu einem fröhlichen Abendessen an einem warmen Strand nieder, wo trockene Palmen leise im Wind rauschten. Um an einen Arzt heranzukommen, müßte man schon einen Krankenwagen rufen und sich auf einer Trage durchs Hotelfoyer schleppen lassen. Wenn man Glück hatte.

»Bist du sicher, daß du essen gehen willst?« sagte er.

»Mir geht's bestens.« Sie zog sich gerade einen passenden pfirsichfarbenen Pullover über ihr volles Haar. Helen mochte es, wenn alles gleichfarbig war – auch die Schuhe, die Tönung der Strümpfe, manchmal sogar der Lippenstift und der Lidschatten. Sie fühlte sich wohl, wenn alles zusammenpaßte. Er stieg aus dem Bett, noch immer benommen von seinem Traum, aber ganz froh, daß er sich um Helens Gesundheit sorgen konnte statt darum, ob sie seinen Roman gelesen hatte. Helens Gesundheit war wichtig, und darauf wollte er sich jetzt konzentrieren.

»Sehe ich hübsch genug aus für Paris?« sagte Helen. Sie stand auf ihren pfirsichfarbigen hohen Hacken mitten in dem schäbigen Zimmer, und in ihrer Brille spiegelte sich ein Schimmer des fahlen Lichts.

»Du siehst umwerfend aus«, sagte Matthews und hielt sich die Decke vor den Körper. Er lächelte sie etwas zu lebhaft an. »Ich würde dich mit dem größten Vergnügen an jeden Ort der Welt ausführen.« Außer ins Clancy's, dachte er.

»Tatsächlich?« Er hörte den seltenen Anflug eines West-Virginia-Akzents in Helens Stimme. Ihre Augen waren weit aufgerissen, als habe seine Liebeserklärung sie überrascht.

»Das kannst du mir glauben«, sagte er. Er überlegte sich, sie in die Arme zu nehmen, aber sie war angezogen und geschminkt, und er war praktisch nackt.

»Jetzt hätte ich gerne eine Flasche Champagner«, sagte sie.

»Du kriegst deinen Champagner.« Er ging zu seinem Koffer hin. »Wir trinken im Clancy's Champagner.«

»Ich meinte, jetzt, in diesem Augenblick. Aber es ist schon vorbei. Ich hab nur einen Moment gedacht, jetzt wäre es schön, ein Glas Champagner in der Hand zu halten.«

»Vielleicht hast du schneller eins, als du denkst«, sagte Matthews.

»Da hast du wahrscheinlich recht.« Helen lächelte ihn an und drehte sich dann zum Fenster, wo sie in die Dunkelheit hinausblickte, während Matthews sich fertigmachte.

Das Clancy's war ein großes, lautes, messingblitzendes Restaurant in einer Seitenstraße der Rue St-Antoine. Es lag in der Nähe der Bastille, in dem »französischsten Teil von Paris«, wie Rex pompös von sich gab. Beatrice und er hatten bereits eine Flasche Champagner intus, als Matthews und Helen eintrafen, und schon eine weitere bestellt.

»Hier mixen sie die besten Martinis der Welt«, sagte Rex

mit lauter Stimme, während er sich erhob und Matthews übertrieben die Hand schüttelte. »Aber ich kann Gin auf leeren Magen nicht ausstehen. Sie auch nicht, Bill?«

»Wir haben uns gedacht, daß es euch beiden sicher nichts ausmacht, wenn wir schon mal loslegen«, sagte Beatrice und grinste, offensichtlich betrunken.

»Genau danach ist mir jetzt auch«, sagte Helen, die sich hinsetzte und gleich in Stimmung kommen wollte. »Der Besoffenste gewinnt. Setz dich, Bill«, sagte sie. »Wir sind angekommen, falls du es noch nicht gemerkt haben solltest.«

Rex fing an, ihnen zu erzählen, daß zwei amerikanische Pan-Am-Piloten, »zwei Typen namens Joe aus Kansas City«, es satt hatten, in Paris kein vernünftiges Steak zu finden, das ihren hohen Ansprüchen genügte, und deshalb beschlossen, sich vorzeitig pensionieren zu lassen und ein Lokal für ihresgleichen aufzumachen, Leute mit ähnlichem Geschmack und ähnlichen Bedürfnissen wie sie. Sie entdeckten dieses Lokal, installierten eine gute Beleuchtung, schufen eine besondere Atmosphäre mit vielen alten Schwarzweißphotos: Babe Ruth bei einem seiner Baseball-Triumphe, Rocky Marciano, der gerade einen Schwarzen k. o. schlug. Was dann daraus geworden war, konnten sie ja selbst sehen. Leider waren die Piloten an Aids gestorben, wie Rex mit ernster Stimme hinzufügte, aber der Betrieb war von treuen Familienmitgliedern übernommen worden, darunter auch der Ehefrau eines der Piloten. Das Lokal war überhaupt der Geheimtip und galt als der inoffizielle Treff der Ausländer in Paris, ein Restaurant, in dem man sich zurücklehnen und ganz man selbst sein konnte, während man sich friedlich volllaufen ließ, ganz wie zu Hause. Leider wurde es inzwischen immer mehr frequentiert, und selbst einige Franzosen tauchten ab und zu auf, obwohl man ihnen immer die schlechtesten Tische gab.

Matthews war während der Taxifahrt aufgefallen, daß er im *Dilemma* genau an der Stelle, wo die Rue St-Antoine auf die Place de la Bastille traf, eine Szene hatte spielen lassen, und zwar genau gegenüber dem riesigen Operngebäude, an dem sie vorbeigefahren waren. Und der dichtgedrängte, hellerleuchtete Kreisverkehr, den sie passiert hatten, sah genauso aus, wie er ihn sich vorgestellt hatte – allerdings hatte er es so beschrieben, als könnte man in fünf Minuten zu Fuß an der Seine sein, was offensichtlich nicht möglich war.

Wie sich herausstellte, war Rex Mountjoy im Landmaschinenbau tätig. Amerikanische Hersteller hätten den Markt für landwirtschaftliche Großbetriebe fest im Griff, erzählte er, aber ihre Achillesferse sei, daß ihr Wartungsservice und die Ersatzteile viel zu teuer seien, womit sie sich letztlich selbst ein Bein stellten. Rex' großes Gesicht mit den Hängebacken und den schweren Augenlidern wurde noch ernster, als er über seine Geschäfte redete. Rex hatte Tausende von Meilen entfernt, jenseits des Ozeans, als Angestellter einer Firma mit einem hohen Marktanteil im Ersatzteilmarkt eine Lücke entdeckt: Ein cleverer Draufgänger konnte demnach generalüberholte Maschinenteile in den Staaten beschaffen und direkt im noch jungen französischen Geräteeinzelhandel verkaufen – und natürlich einen Haufen Geld machen. Er hatte nicht geglaubt, daß sein Geschäft länger als zwei, drei Jahre profitabel sein würde – so lange, bis die Konkurrenz in der EG ihm auf die Schliche kam und irgendeinen Brüsseler Bürokraten veranlaßte, eine Anordnung zurechtzuschneidern, um genau das, was er tat, zu unterbinden. »Aber wir leben noch«, sagte Rex und griff mit seinen riesigen Landmaschinenpranken nach einem großen Martiniglas, wobei er angesichts des schlichten Glücks seines Erfolgs kurz die Nase hochzog. »Die Franzosen arbeiten alle nicht gern. So einfach ist das«, sagte Rex mit wichtiger Stimme. »Sie kämpfen ein Rückzugsgefecht gegen die moderne Erfolgsethik. Wenn Sie mal einen guten Einfall haben, dann sollten Sie ihn unbedingt über den Atlantik bringen und hier auf der Straße verkaufen.«

»Guter Tip«, sagte Matthews. Er bestellte ein Glas Pouilly-Fuissé, den Beatrice schon in »volle Pussi« umbenannt hatte. Helen und Beatrice waren wieder in ein äußerst intimes Gespräch vertieft und blickten nur hin und wieder auf, um von Matthews' »voller Pussi« zu reden – Helen mit einem exaltierten Lächeln, das ihm heiß und fiebrig erschien.

»Genehmige dir doch noch eine volle Pussi«, schrie Helen fast, wobei sie den Mund so weit aufriß, daß Matthews ihre Zunge sehen konnte, breit und flach und Caféau-lait-farben, eine Farbe, von der jeder Arzt, wie er wußte, auf mangelnde Gesundheit geschlossen hätte. Seine Mutter hatte immer gesagt, daß sich auf der Zunge die ganze Krankheitsgeschichte eines Menschen abbilde. Helens Zunge ließ nichts Gutes ahnen.

Wie sich herausstellte, hatte Rex bereits für alle bestellt – noch mehr Martinis, große gemischte Salate mit riesigen Tomaten- und Zwiebelscheiben und viel zuviel Vinaigrette, gewaltige Filetsteaks mit je zwei Idahokartoffeln auf separaten Tellern. Mitten auf den Tisch wurden Töpfchen mit geschmolzener Butter, saurer Sahne, Schnittlauch, Speckwürfeln, Steaksaucen, Meerrettich, Senf und Ketchup auf ein drehbares Tablett gestellt sowie zwei bereits seit längerem geöffnete Flaschen Côtes du Rhône. Rex verkündete, daß man nur bestellen solle, falls noch etwas fehle – »solange es nicht *poulet* oder *haricots verts* sind«.

»Also wenn ich nicht zwei von diesen Dingern pro Woche esse, werde ich anämisch«, sagte Beatrice, die bereits an ihrem Steak säbelte und die Gabel dabei wie einen Schuhlöffel hielt. Sie trug noch dieselbe schwarze Boheme-Aufmachung wie nachmittags auf dem Eiffelturm; und weil sie jetzt betrunken war und gereizt wirkte, sah sie in Matthews' Augen geradezu wie die Verkörperung eines anämischen Menschen aus.

Rex dagegen war im Laufe des Abends sehr viel fröhlicher und leutseliger geworden. Mit seinem großen roten Pullover, dem grünen Karohemd und der braunen Kordhose sah er aus, als wäre er auf dem Weg zu einem College-Football-Spiel. Matthews hatte wegen des Reisemantels seine Kleidung vorher nicht bemerkt. Rex hatte etwas mit seiner Haartransplantation unternommen, so daß er nicht mehr ganz so absurd aussah – obwohl die Kopfhaut oberhalb seiner gewaltigen Stirn noch immer empfindlich und an manchen Stellen entzündet wirkte.

»Es muß ja eine wirkliche Last sein, schreiben zu müssen«, sagte Rex vertrauensvoll mit vollem Mund.

»Nein, würde ich nicht sagen«, sagte Matthews und versuchte, gleichzeitig sein Steak zu essen und Augenkontakt mit Rex zu halten. Der Lärm im Clancy's schwoll wellenartig an und ab. Unablässig kamen neue Gäste zur Tür herein, Leute, die von anderen erkannt wurden, worauf ein schrilles Geschrei ausbrach und wieder abebbte. Alle schienen auf englisch herumzubrüllen, wobei Rex und er sich dennoch unterhalten konnten, indem sie einfach näher aneinanderrückten. Rex roch, wie Matthews bemerkte, nach einem aufdringlichen mentholhaltigen Aftershave, das ihm bekannt vorkam – wahrscheinlich hatte sein Vater es ebenfalls benutzt.

»Vermutlich sind alle in Ihrer Familie Schriftsteller«, sagte Rex.

»Nein, sie haben in Cleveland ein Möbelgeschäft«, sagte Matthews. »Ich hab erst ein Buch geschrieben, und ich find es selbst nicht besonders gut. Also kann man mich nicht unbedingt als Schriftsteller bezeichnen. Zumindest noch nicht.«

»Verstehe«, sagte Rex. »Es ist wohl einfach die Frage, wie man's ausdrückt.«
»Rex' Familie kann man direkt bis zu Adam und Eva zurückverfolgen«, sagte Beatrice. Sie hatte sich mit Helen unterhalten, aber gleichzeitig ihnen zugehört. Über Rex' Vorfahren schien sie sich gerne auszulassen.
»Sie ist eifersüchtig, weil meine Eltern Nachnamen hatten«, sagte Rex. Er schob seine großen Lippen vor und blies Beatrice einen anzüglichen feuchten Kuß zu.
»Natürlich. Wie Zigolowsky und Prdozilewcza – Namen, für die man kaum Vokale braucht. Mountjoy ist sein Bühnenname. Aber das brauche ich ja wohl kaum zu sagen.«
Der Lärm im Clancy's schwoll an und verebbte wieder, und irgendwo in dem Lokal begann ein Hund zu bellen.
Einige Leute, die in der Nähe von Clancy's großem, mit künstlichem Schnee überzuckertem Weihnachtsbaum saßen, fingen an zu lachen. »Gordon«, sagte jemand. »Gordon, komm her.« Ein weiteres forsches Bellen folgte, und plötzlich heulte der Hund vor Schmerzen auf.
»Franzosen«, sagte Rex und drehte sich mühsam herum, um die Schuldigen ausfindig zu machen. »Was hab ich gesagt, da drüben sind sie«, sagte er. »Ich seh sie. Vier Mann und ihr verdammter Köter.«
»Gordon. Na, großartig«, Beatrice machte einen angewiderten Gesichtsausdruck. In dem hellen Restaurant sah Matthews, daß Beatrice' Haut lederner, zäher war, als er gedacht hatte. Er fragte sich, wie alt sie wirklich war. Wieder fühlte er sich lächerlich jung, obwohl er siebenund-

dreißig war und bereits eine Ex-Frau hatte, einen Ex-Beruf und eine Tochter, die er nie sah. Rex und Beatrice und zu einem gewissen Grad sogar Helen – sie alle sahen aus, als wären sie so alt wie seine Eltern und, genau wie jene, in einer anderen Welt.

»Die UN ist doch ein Scheißverein«, sagte Rex, der auf eine Bemerkung Helens antwortete, daß die verschiedenen Nationen besser miteinander auskommen sollten. Helen hatte großes Vertrauen in die UN.

»Er soll bloß nicht von der UN anfangen«, sagte Beatrice und verdrehte die Augen. Sie beschloß, noch einmal einen großen Schluck von ihrem Martini zu nehmen. »Auch nicht von der EG. Noch eines seiner absoluten Lieblingsthemen.«

»Allerdings. Ich will auch gar nicht erst damit anfangen«, sagte Rex und stopfte sich schnaufend Salatblätter in den Mund.

»Charley weiß überhaupt alles über Neger. Zumindest über die, die nach Paris gekommen sind«, sagte Helen. »Er war mal Prof. Er kann dir sagen, wer was geschrieben hat und wo sie gelebt haben und warum, lauter so Zeug. Er sieht doch gar nicht schwarz aus, oder?«

»Man sieht's nicht immer«, sagte Beatrice. »Sie sind nicht wie die Franzosen – aus hundert Kilometer Entfernung zu erkennen.«

»Ich dachte, Sie haben gesagt, Sie wären Schriftsteller«, sagte Rex, den Kopf über ein Stück Fleisch gebeugt, das er auf einen großen Brocken Kartoffel zu manövrieren versuchte, um sich dann beides zusammen in den Mund zu schieben.

»Das hab ich nicht gesagt«, antwortete Matthews und schüttelte den Kopf.

»Wer hat's denn gesagt?« sagte Rex und hob die Gabel an den Mund.

»Wen interessiert das schon?« sagte Beatrice.

»Charley ist ein *romancier*«, sagte Helen mit glasigen Augen. »Ich hab sein *livre* noch nicht gelesen. Aber ich hab's mir jetzt vorgenommen. Ich will sehen, ob ich auch drin vorkomme. Es spielt teilweise in Paris.«

»Du kommst nicht vor«, sagte Matthews, der plötzlich schnell aufessen wollte, ohne allerdings zu wissen, wie der Abend dann weitergehen sollte. Helen hatte bestimmt Schmerzen, dachte er. Deswegen war sie wohl so überdreht – einen Moment lang zugewandt, dann plötzlich wieder aggressiv. Sie war auch betrunken und hatte ohne Zweifel Schmerzmittel genommen.

»Kommt Josephine Baker drin vor?« fragte Beatrice, während sie weiteraß.

»Genau an die hab ich auch gedacht«, sagte Helen.

»Nein«, sagte Matthews. »Es ist alles erfunden. Es kommen überhaupt keine wirklichen Leute drin vor.« Alles, was er sagte, klang töricht. Er wollte einfach nur schweigen, sein Steak aufessen und mit Helen ins Hotel zurückgehen.

»Ich dachte, so was lassen sie nur Schwarze unterrichten«, sagte Beatrice. »Aber ich bin schon so lange hier, daß ich gar nicht mehr weiß, was zu Hause los ist.«

»Es war auch ziemlich ungewöhnlich«, sagte Matthews.

»Sag bloß«, sagte Rex.

»Charley ist ja schon ganz verlegen, Kinder«, sagte Helen.

»Macht nichts«, sagte Rex. »Ich komm als nächster dran.«

Gordon bellte plötzlich dreimal scharf in der Nähe des Weihnachtsbaums. Ein paar Gäste riefen etwas und lachten, worauf alle das wütende Fauchen einer Katze vernahmen – und dann ein Durcheinander von kratzenden Krallen und Geknurre. Unversehens raste etwas unter dem Tisch an Matthews' Beinen vorbei, gefolgt von einem weiteren Tier. Die Franzosen – kleine Männer und Frauen in pastellfarbenen Pullovern und eleganten Jacketts – schienen etwas verstört. Einer der Männer stand auf und schob sich durch die Tische hindurch in die Richtung, wo Gordon verschwunden war. Er wirkte nicht im mindesten überrascht, bloß leicht verärgert.

Rex starrte ihn wütend an, während er sich vorbeizwängte. »Als nächstes bringen sie noch ihre Affen mit«, sagte er feindselig. »Dann plappernde Papageien. Das ist hier bald die reinste Hölle.«

»Die Leute fahren jetzt sowieso alle nach Prag«, sagte Beatrice. »Paris kannst du vergessen. Hätte ich mal lieber Tschechisch statt Französisch gelernt.«

»Oder Budapest«, sagte Rex, wobei er es »Budapescht« aussprach – wie Matthews' Kollegen am Wilmot College. »Da können Sie wirklich Geld machen. Sie sollten versuchen, Ihr Buch auf ungarisch zu veröffentlichen. Wie heißt es überhaupt?«

»Es ist das Paris des Ostens«, sagte Beatrice.

»Was?« Rex schob seinen leeren Teller weg.

»Prag«, sagte sie.

»Stimmt. Ich war schon mal dort. Einmal hat allerdings gereicht.«

»Sieh an, das Alpha-Männchen«, sagte Beatrice, womit offensichtlich Rex gemeint war.

»Ich bin allerdings ein Mann, den nur eine Frau heiraten muß«, sagte Rex.

Matthews tat so, als hätte er Rex' Frage nach dem Titel seines Romans nicht gehört. Er wollte ihn aus Angst vor Helens Kommentar lieber nicht aussprechen. In Wahrheit wollte er am liebsten überhaupt nichts sagen. Sein Steak war erst halb aufgegessen. Helen hatte ihres gar nicht angerührt. Beatrice und Rex hatten alles weggeputzt. Er fragte sich, ob Helen und er sich entschuldigen und ins Hotel zurückkehren könnten. Sich einfach auf den Jetlag berufen.

Der Franzose im rosa Pullover mit Halstuch kam wieder durchs Restaurant, einen kleinen hellbraunen Pudel auf dem Arm. Der Pudel hechelte, als wäre er erschöpft, und seine Zunge hing seitlich heraus. Vor der großen sauberen Fensterscheibe des Lokals begann es zu schneien.

»Wissen Sie eigentlich, daß Helen eine wundervolle Tänzerin ist?« sagte Rex und fuhr sich mit der Pranke über den Kopf, genau durch die Haarpflänzlinge. »Sie war schon fast in der Radio City Music Hall.«

»June Taylor, mindestens«, sagte Helen. »Als ich ein kleines Mädchen war, hab ich sie immer im Fernsehen gesehen.« Sie lächelte und schüttelte den Kopf, als sei das eine komische Vorstellung. »Das war damals in Pittsburgh.«

»Und was ist dazwischengekommen?« fragte Beatrice.

»Helen tanzte immer bis zum Umfallen«, sagte Rex. Er starrte auf seine Hände, die vor ihm auf dem Tisch lagen, die Finger ineinander verharkt. Er beachtete Beatrice nicht.

»Das taten wir damals doch alle«, sagte Helen und sah aus, als würde sie jeden Moment in Tränen ausbrechen. »Ich bin müde. Ich hab Jetlag, das ist alles. Tut mir leid.«

»Die beiden waren alle Jubeljahre mal die Attraktion«, sagte Beatrice, an Matthews gewandt. »Falls Sie sich das gerade fragen.«

»Ja, das war einmal«, sagte Helen, und in ihren Augen blinkten hinter den Brillengläsern Tränen.

»Ja, und wenn sie nicht gestorben wären …«, sagte Rex.

»Es läuft immer aufs selbe raus«, sagte Beatrice. »Sie betrinken sich, und dann werden sie sentimental. Ich geh dann meistens.«

»Bleib aber noch hier«, sagte Helen und lächelte freundlich.

»Turkwoz«, hörte Matthews jemanden an einem Nachbartisch sagen. »Es war ägyptischer Turkwoz – das ist der allerbeste. Besser als der amerikanische Mist.«

Rex drehte sich um, um zu sehen, wer das gesagt hatte. Er hatte sich für einen Augenblick aus dem Gespräch verabschiedet und dachte wohl daran, wie er mit Helen im fernen Pittsburgh getanzt hatte.

»Das war eine andere Zeit«, sagte Beatrice mit ernster Stimme. »Das war, lange bevor ich aufgetaucht bin.«

»Ich glaub nicht an so etwas«, sagte Helen. »Ich glaub, alles ist ein Kontinuum. Jetzt und damals. Frauen und Männer.«

»Na, wie schön für dich«, sagte Beatrice. Sie stand auf, um sich dem zu widmen, was in der Damentoilette vor sich ging, und ließ die drei allein.

»Matthews ist noch nicht geschieden«, sagte Helen. »Er hat auch eine Tochter, die er fast nie sieht. Und wenn die Wahrheit ans Licht kommt – und das tut sie immer, früher oder später –, dann würde er zugeben, daß er sich gar nicht scheiden lassen will. Aber ich finde, er sollte sich scheiden lassen. Du solltest dich scheiden lassen, Charley.«

»Helen hat schon immer ihre eigenen Ansichten gehabt«, sagte Rex. Kellner räumten gerade den Tisch ab.

»Das hab ich auch schon festgestellt«, sagte Matthews.

»Muß man als Schriftsteller nicht ziemlich obsessiv sein?« fragte Rex wieder.

»Nein. Glaub ich nicht«, sagte Matthews. »Ich bin, glaube ich, nicht obsessiv.«

»Ach, wirklich?« sagte Rex. »Das ist ja komisch. Ich dachte, man müßte obsessiv sein. Da sieht man mal, wieviel Ahnung ich habe. Von nichts hab ich eine Ahnung.«

Während der Taxifahrt entlang der Boulevards St-Marcel und Arago schneite es, und es sah aus, als fielen die großen schweren Flocken nicht zu Boden, sondern als schwebten sie im gelben Licht der Straßenlaternen, vor dem Hintergrund von Dunkelheit und roten Bremslichtern. Sie hatten sich vor dem Lokal auf der bereits schneebedeckten Seitenstraße von Rex und Beatrice verabschiedet. Man hatte sich schließlich gegen einen Nachtisch entschieden. Helen hatte gesagt, daß sie sich nicht besonders gut fühle, daß es erst ihr zweiter Tag sei und etwas mit ihrem Magen nicht stimme. Schweres Essen. Zuviel Alkohol. Matthews' Übersetzerin wurde angeführt. Sowie das Bedürfnis zu schlafen.

Beatrice und Rex schienen über Helen erstaunt, darüber, wie sie sich so wenig verändert haben konnte, wo sie selbst sich so offensichtlich zu dem »gemacht« hatten, was sie in Matthews' Augen so deutlich darstellten: eine Niete von einem Geschäftsmann und eine übellaunige gescheiterte Kulturrevoluzzerin. Nach seiner Meinung hielt sich Helen als Helen wesentlich besser als die beiden in ihren Rollen als Rex und Schmusi.

Helen hatte in ihren hochhackigen Schuhen auf der verschneiten Straße gestanden und Rex und Beatrice nachgewinkt, während ihr Taxi in Richtung der hellerleuchteten Bastille davonfuhr, auf dem Weg in die Vororte hinter Montreuil – oder wo immer sie wohnten. Im Lokal ging die Party weiter.

»Ich hab Rex mal geliebt«, sagte sie und steckte sich eine Tablette in den Mund, die sie umständlich aus ihrer Handtasche hervorgekramt hatte. »Mein Gott, Erinnerungen sind etwas Furchtbares. Wer sie auch erfunden hat – ich würde ihm am liebsten den Hals umdrehen.«

Als ihr Taxi an der Löwenstatue auf der Place Denfert-Rochereau vorbeifuhr, blickte Helen versunken auf die opulenten alten Wohnhäuser am Boulevard Raspail hinaus. »Glaubst du an eine Form des Spirituellen, Charley?« sagte sie plötzlich.

»Was denn zum Beispiel?« sagte Charley. »Die Kirche zum Beispiel? Wir waren Protestanten. Wir haben immer etwas in den Klingelbeutel getan.«

»Nein, nicht die Kirche«, sagte Helen wegwerfend. »Ich bin in die Kirche gegangen. Das ist nicht dasselbe wie etwas Spirituelles. Ich meine, daß man an etwas Gutes glaubt, auch wenn man es nicht sehen kann. Etwas in der Art.«

Matthews dachte an Lelia. Überraschenderweise kam sie ihm in den Sinn. Er hatte sie seit über anderthalb Jahren nicht gesehen und war sich nicht einmal sicher, ob er sie wiedersehen würde. Ihre Zukunft war etwas, woran er glaubte, auch wenn er im Moment nichts für diese Zukunft tat. Aber das wollte er Helen nicht sagen. Sie hätte es nur gegen ihn verwendet, so, wie sie es bereits getan hatte.

»Doch. Ich glaube an etwas«, sagte er.

»Und woran, wenn ich fragen darf?« sagte Helen. Sie malte einen kleinen Regenbogen auf die feuchte Fensterscheibe und starrte nach draußen in den Himmel voller Schneeflocken.

»Woran?« sagte Matthews. »Also, ich glaube zum Beispiel an das Konzept des Wandels. Ich glaube daran, daß sich die Dinge zum Besseren wandeln. Falls das überhaupt geht. Manchmal meinen wir, daß es nicht geht, und an der Stelle kommt dann der Glaube ins Spiel.« Er hatte keine Ahnung, wie er darauf gekommen war und warum er sich auf diese Weise ausgedrückt hatte – als erklärte er etwas einer Studentin. Aber es klang nicht halbherzig, und nun, da er es gesagt hatte, kam es ihm so vor, als ob es wahr sei. Er wünschte, Penny hätte es gehört. Es hätte ihr ordentlich zu denken gegeben.

»Ja, gut«, sagte Helen, während das blaue Neonschild des Nouvelle Métropole in der Dunkelheit vor ihnen auftauchte. »So etwas meinte ich nicht unbedingt, aber du hast es nun mal gesagt. Also geb ich mich damit zufrieden. Es ist ziemlich vage. Aber du bist ja auch ziemlich vage.«

»Vielleicht bin ich vage«, sagte Matthews. »Könnte sein.«

»Und wennschon – stimmt's?« Sie sah ihn an und lächelte nicht besonders freundlich.

»Stimmt«, sagte er in der Dunkelheit des Taxis. »Und wennschon – stimmt.«

In ihrem Zimmer war die Luft wieder feucht und kalt. Um diese späte Stunde kam keine Wärme mehr durch die Heizungsrohre. Nur im Bett konnte man sie finden. Womöglich war Paris um diese Zeit nicht immer so kalt, überlegte sich Matthews.

Helen ging ins Badezimmer, schloß die Tür und sperrte ab. Er hörte, wie sie sich Badewasser einließ, hörte, wie sie mehrmals die Toilette spülte und sich übergab – aber vielleicht hatte sie auch nur gehustet. Helen hatte nichts gegessen, sie nahm jedoch irgendwelche Medikamente, und vielleicht war ihr davon übel. Er war sich sicher, daß sie Schmerzen hatte. Sie benahm sich so, als sei der Schmerz ihr ständiger Begleiter. Krebs bedeutete Schmerzen, und jene Flecken an ihren Beinen hingen mit der früheren Krebserkrankung zusammen, über die sie verständlicherweise nicht sprechen wollte.

Im Grunde wußte er gar nicht, wohin mit sich in dem winzigen kalten Zimmer. Eine große Anspannung hatte sich in ihm gebildet, und Helens Bedeutung (wie sonst sollte er es bezeichnen?) im Ablauf der Ereignisse hatte die seine überschattet. Er setzte sich aufs Bett und versuchte, sich den bevorstehenden Besuch bei seiner Übersetzerin vorzustellen, aber nichts daran war interessant genug, um ihn abzulenken. Er versuchte, an Penny und Lelia zu denken, an ihre gemeinsamen glücklichen Tage. Weihnachten – wie war Weihnachten wohl in San Francisco? Aber auch das vermochte ihn nicht zu fesseln. Helen ging es vielleicht wirklich schlecht, und darum drehte sich nun offensichtlich alles. Am besten, er ließ sich einfach auf all das ein und hoffte dabei im stillen, daß er unrecht hatte.

Er stand auf und versuchte, seinen Koffer so zu verrücken, daß Helen aus dem Badezimmer direkt zum Bett gehen konnte, ohne darüber hinwegsteigen zu müssen. Dazu mußte er den Koffer schließen; aber selbst dann mußte er ihn auf Helens Koffer legen, was das Zimmer zwar ordentlicher aussehen ließ, aber das Gepäck unzugänglich machte. Es mußte geöffnet auf dem Boden liegen, damit man drankonnte – aber so gelangte man nur schwer zum Badezimmer oder an den Fernseher. Er beschloß, sie der Bequemlichkeit halber aufgestapelt zu lassen.

Er wollte allerdings nicht ins Bett. Helen wäre wohl nicht nach Sex zumute, aber wenn er bereits im Bett läge, könnte sie meinen, er hätte Lust darauf, was ungeahnte Schwierigkeiten nach sich ziehen könnte. Helen hatte vor kurzem ein paar bissige Bemerkungen darüber gemacht, wie gierig er auf die Art Sex sei, die sie ihm zu bieten habe – »Erwachsenensex«, wie sie es nannte, oder zuweilen auch »Sex ohne Händchenhalten«. Vielleicht war er gar nicht mal so gierig darauf gewesen. Aus irgendeinem Grund schienen Frauen heutzutage unersättlich, was Sex anbelangte. Eine Frau vom Wilmot College, eine Volkswirtschaftsprofessorin, mit der er in der ersten wirren Woche nach Pennys Abschied eine kurze Affäre gehabt hatte, mußte praktisch ständig gevögelt werden – was ihm nicht besonders gefallen hatte. Es hatte ihn zögerlich werden lassen. Es gab keinerlei »Begegnung«, auch schien sie gar nicht erwünscht. Ihr etwas abzuschlagen wurde sofort als unglaubliche Beleidigung hingestellt. Frauen hatten immer »Nein« sagen können oder »Laß uns mal langsam machen« oder »Ich bin noch nicht so weit« – was sie wollten. Und Männer hatten damit immer einverstanden sein müssen. Ein Mann dagegen konnte so etwas nicht von sich geben, ohne alle vor den Kopf zu stoßen. Und wenn er sich jetzt ins Bett legte, würde Helen ihm wahrscheinlich Vorwürfe machen, weil er mit ihr schlafen wollte, während sie ganz offensichtlich nicht daran interessiert war, obwohl auch er es nicht war. Natürlich war es möglich, daß sie dennoch Lust hatte – trotz blauer Flecken, Schmerzen, Jetlag, Übelkeit, Krebs. Vielleicht betrachtete sie es als eine Art Schmerzmittel. Noch ein Grund, sich nicht ins Bett zu legen, obwohl er müde war und sich nach Schlaf sehnte.

Er ging zum kalten Fenster hinüber und schaute hinaus. Er spürte sowohl die Kälte von draußen als auch den letzten Wärmehauch aus dem holzverkleideten Heizungskörper vor ihm. Draußen allerdings sah man noch immer nur Schnee und Finsternis. Er konnte den Montparnasse-Turm sehen, dessen Bürokarrees fast alle erleuchtet waren. Der Eiffelturm hingegen war noch immer nicht an der Stelle auszumachen, wo er nach Matthews' Ansicht stehen mußte. Verloren im Schnee. Wahrscheinlich geschlossen – wo doch jetzt der richtige Zeitpunkt wäre, ihn zu besteigen, jetzt, da die Stadt des Lichts hellerleuchtet dalag. Er würde ganz gewiß noch einmal hingehen, wenn dies alles vorbei war.

Auf der Rue Froidevaux waren nur wenige Autos zu sehen. Es war gar nicht mal so spät – Mitternacht –, aber keiner wollte im Schnee durch Paris fahren. Ein Polizeiauto glitt langsam mit blinkendem Blaulicht vorbei, offensichtlich nicht im Noteinsatz. Ein Mann auf einem Motorroller parkte am Bordstein und ging ins Hotel. Wahrscheinlich derselbe Mann, der gestern den ganzen Krach veranstaltet hatte. Der Nachtportier.

Er beobachtete, wie von rechts ein kleiner Mann zu Fuß die Straße entlangkam, vielleicht von der Rue Boulard, ein Mann mit etwas auf der Schulter, was nach einer zusammengerollten Decke oder einem Schlafsack aussah, ein Mann in Stiefeln, mit einem langen Mantel, ohne Mütze. Er überquerte die Rue Froidevaux, schritt durch die Platanenreihe und ging an der Friedhofsmauer entlang, bis er zwischen den gelben Kreisen der Straßenlaternen beinahe nicht mehr zu sehen war. Er blieb stehen, zündete sich eine Zigarette an, stieß den Rauch aus, drehte sich um und schaute auf der fast leeren Straße hin und her, trat dann behutsam an die Mauer, schob den Schlafsack auf seiner Schulter etwas höher, sah sich noch einmal um, kletterte schließlich sehr geschickt, aber dennoch behutsam die Mauer hinauf und verschwand auf der anderen Seite.

Matthews drückte die Nase an die gefrorene Scheibe und starrte hinaus in den Park des Friedhofs, der so vollgestellt war mit weißen Grabsteinen und hübschen kleinen Kapellen, daß man meinen konnte, er sei bis auf den letzten Platz belegt, wobei gestern ja noch ein Toter hier untergekommen war. Jenes Grab konnte er in dem Gewirr, in der Dunkelheit und dem Schnee schon gar nicht mehr ausmachen. Er wartete darauf, daß der Mann wieder auftauchte, beobachtete jenen Teil, von dem er annahm, es sei der jüdische, nahe der Stelle, wo der Mann über die Mauer gestiegen war. Aber es war niemand zu sehen. Der Mann war heimlich eingedrungen und dann verschwunden. Ohne Zweifel aber befand er sich im Schatten auf der Rückseite der Mauer. Drinnen hielt sich sicher ein Wachmann auf, der genau solche Verstöße ahnden sollte – und auch Bußgelder verhängte.

Aber da sah er eine Bewegung, einen dunkleren Schatten, der zwischen den blassen, flachen Grabsteinen aufflackerte. Eine Zickzackbewegung. Matthews hätte sie fast nicht bemerkt, da sie sich weit rechts von der Stelle ereignete, wo er den Eindringling zuletzt beobachtet hatte: an einer entlegenen Ecke des Friedhofs, gerade dort, wo die Rue Froidevaux eine kleine, namenlose Straße schnitt. Er sah bloß einen Moment lang einen Schatten, wie eine kurze Unterbrechung im Schein des Schnees. Aber er tauchte noch einmal auf, und dann konnte Matthews den Mann sehen – oder vielleicht einen anderen Mann mit einem Schlafsack auf dem Rücken. Er bewegte sich schnell, hockte sich hin, verschwand dann hinter einer Familiengruft, glitt auf der anderen Seite wieder hervor und duckte sich, wobei er offensichtlich kurz hinfiel und dann auf allen vieren versuchte, wieder auf die Beine zu kommen. Er warf sich in die eine, dann in die andere Richtung, als verfolge ihn etwas – etwas, was Matthews nicht sehen konnte und was ihn offenbar aus dem Friedhof vertreiben wollte, oder schlimmer noch.

Matthews beobachtete das Ganze, die Nase an die Scheibe gepreßt, bis der Mann schließlich erneut schlitternd an die Mauer spurtete, um sich dann in der Dunkelheit und dem Schnee hinzukauern, so daß er kaum noch zu sehen war. Aber dann stand der Mann plötzlich vor einem der hohen Mausoleen mit Giebeldach, einem wie hundert anderen. Er drehte sich um und schaute wie zuvor auf der Straße nach rechts und links, bevor er behutsam das schwere gußeiserne Tor öffnete, eintrat, die Tür hinter sich schloß und endgültig weggetaucht war.

»Wieviel Uhr ist es in Kalifornien?« sagte Helen. Sie war noch im Badezimmer, wo sie sich vor dem kleinen Spiegel betrachtete. Er hatte nicht gehört, wie sie die Tür öffnete.

»Keine Ahnung«, sagte er. »Warum?«

»Ich dachte, du stehst da am Fenster und denkst an deine Frau und deine Tochter.«

»Nein«, sagte Matthews. Er stand ihr in dem kalten, nunmehr aufgeräumten Zimmer gegenüber. »Ich habe beobachtet, wie ein Mann in den Friedhof eingebrochen ist.«

»Mal was Neues. Die meisten Leute wollen doch ausbrechen.« Helen hatte einen rosa Seidenpyjama mit dunklen Paspeln an – etwas, was er nie zuvor an ihr gesehen hatte. Meistens schlief sie nackt. Sie hielt das Gesicht ganz nah an den Spiegel und öffnete den Mund, um hineinzuschauen. »Aaaaa-aa«, machte sie.

Matthews wollte besonders liebenswürdig sein, falls ihr danach war. Sie tat ihm leid. Eigentlich, fand er, sollten sie beide ihm leid tun.

»Ich würde gerne mit dir schlafen«, sagte Helen und betrachtete sich noch genauer im Spiegel, »aber ich bin zu müde.«

»Macht doch nichts.«

»Fällt aus wegen Regen«, sagte sie. »Oder besser – wegen Schnee.«

»Okay«, sagte Matthews.

»Ich hab den Pyjama angezogen, damit du nicht die ganzen häßlichen Flecken sehen mußt.« Sie seufzte angesichts ihres Spiegelbilds. »Es sind noch mehr da.«

»Ist schon in Ordnung«, sagte er. Irgendwo am Himmel konnte er das Dröhnen und den heulenden Ton eines großen Passagierflugzeugs hören, das sich aus der verschneiten Nacht herabsenkte. Aber als er hinausschaute, konnte er nichts entdecken. Helen und er hätten an fast jedem Ort der Welt sein können.

»Ich wär gerne tanzen gegangen«, sagte sie. »Ich bin wirklich eine sehr gute Tänzerin. Wir waren noch nie tanzen. Das hätten wir wenigstens einmal machen sollen.«

»Können wir nicht später tanzen gehen?«

»Ach. Vielleicht«, sagte sie. »Erinnerst du dich daran, was ich über das Kontinuum gesagt habe? Das, worüber Beatrice sich aufgeregt hat. Das stimmte doch, oder? Es gibt kein Damals und Jetzt. Es gibt nur eine Zeit, alles fließt ineinander.«

»Ich hab mir darüber noch nie Gedanken gemacht«, sagte Matthews und horchte darauf, wie das Dröhnen des Flugzeugs in der Ferne immer tiefer wurde.

Helen kam barfuß aus dem Badezimmer zum Fenster herüber, wo Matthews stand und hinausschaute. Ihr warmer Körper duftete. Ihre Haarspitzen waren feucht. Und einen Augenblick lang machte es ihn glücklich, einfach den Arm um ihre knochigen Schultern zu legen und sie nah an sich heranzuziehen. »Ich komme in die Wechseljahre – und ich habe Krebs«, sagte Helen mit einer seltsam tonlosen Stimme. »Man sollte doch meinen, daß eines von beiden mir mal eine Verschnaufpause gönnen würde.« Sie erwiderte Matthews' Umarmung nicht, nahm sie, wie es schien, gar nicht zur Kenntnis, sondern starrte einfach auf das leise Schauspiel des herabsinkenden Schnees hinaus. Sie war lediglich anwesend neben ihm, mehr nicht.

Aber er fühlte sich diesen einen Moment lang wie erstarrt. Und wenn er sie nicht in seinen schützenden Armen gehalten hätte, hätte er vermutlich laut geschrien. Einen Protest. Einen Einwand. Eine neue Sicht der Dinge. Was zählte daneben schon? Seine Sorgen, seine Hoffnungen, die Schwierigkeiten in seinem Leben? Alles verblaßte angesichts dessen, was Helen gerade gesagt hatte. Sie hätte sogar etwas sagen können, was für sie selbst weniger Bedeutung gehabt hätte – dennoch wäre sein eigener Kummer auf der Stelle in den Hintergrund getreten. Er fragte sich, was das für eine Eigenschaft sei. Ein Hang zum Dramatischen? Eine Haltung, die keinen Widerstand duldete? Eine Gewißheit, die alle anderen Gewißheiten überschattete? Was immer es war, ihm fehlte diese

Eigenschaft – daran gab es keinen Zweifel –, zumindest in dem Maße, wie Helen sie besaß.

Aber das Ergebnis war, daß er sie noch lieber mochte, er mochte sie mehr als während des ganzen Jahres, das sie einander nun schon kannten, selbst zu Anfang, als sie seine Studentin gewesen war und sie in seinem alten Haus in der Hickory Lane miteinander geschlafen hatten und alles noch die pure Erregung gewesen war, ein schweißtreibendes Bemühen, in das sie sich gemeinsam stürzten. Er mochte sie in diesem Moment vermutlich lieber als jemals wieder. Sie rückte die Dinge, was ihre jeweilige Wichtigkeit anbelangte, ins richtige Verhältnis, sie schuf mittels ihres eigenen Lebens Prioritäten – sie setzte einen Maßstab. Und so war sein Wunsch, nicht im Mittelpunkt der Dinge zu stehen, nun eingetreten – und er empfand Erleichterung.

»Schau mal, da steht ein kleiner Weihnachtsbaum.« Sie blickte zu dem hochgelegenen Wohnungsfenster auf der anderen Seite der Rue Froidevaux hinüber. »Wollten wir uns nicht ein Lied ausdenken? Weihnachten in Paris, la-la-laa, la-laa-la-la. Du wolltest den Text schreiben.«

»Mach ich morgen«, sagte Matthews. Der Umriß des dunklen kleinen Dreiecks, dessen orangene, rote und grüne Lichter in der Nacht blinkten, war in dem Fenster im vierten Stock genau auszumachen. Sein Anblick vermittelte einen Moment reinen Glücks.

»Ich glaub, du hast Angst vor mir. Inzwischen aber aus einem anderen Grund«, sagte Helen.

»Nein, das stimmt nicht«, sagte Matthews mit Nachdruck. »Ich hab überhaupt keine Angst vor dir.« Er zog sie näher heran, spürte die Seide, die ihre Schultern bedeckte, sog den warmen, etwas scharfen Geruch ihres Körpers ein. Er hätte jetzt mit ihr schlafen können. Es wäre ganz einfach gewesen.

»Aber was empfindest du dann für mich?« sagte sie. »Ich meine, wie stehst du zu mir?«

»Ich liebe dich«, sagte Matthews. »Das empfinde ich.«

»Ach, fang nicht damit an«, sagte Helen. Er spürte, wie sie schlaff wurde, als hätte er sie beleidigt. »Laß dir was Besseres einfallen. Denk dir ein paar passendere Worte aus. Liebe war nicht Teil unserer Abmachung.«

»Ich weiß aber nicht, was ich sonst sagen soll«, sagte Matthews. Und er wußte es tatsächlich nicht.

»Dann sag einfach gar nichts«, sagte Helen. »Laß uns diesen glücklichen Moment schweigend genießen. Verzichte lieber ganz auf Worte.«

»Aber gerade mit Wörtern sollte ich doch umgehen können.«

»Ich weiß«, sagte Helen und lächelte ihn kühl an. »Aber immer geht das eben nicht.« Sie küßte ihn auf die Wange, sah noch einmal kurz in die verschneite Nacht hinaus und legte sich schlafen.

Matthews fiel nachts wieder in einen tiefen Schlaf, unschuldig, todesgleich. Nach einer Weile spürte er, daß er schlief, und wollte nichts, als in diesem Zustand zu verharren. Er bekam mit, daß Helen aufgestanden war, etwas im Badezimmer fallen ließ, vor sich hin murmelte, vielleicht auch lachte, und ins Bett zurückkehrte.

Er schlief, bis er auf die Toilette mußte und aufstand. Als er fertig war, sah er zu dem kleinen Badezimmerfenster hinaus, das auf den Innenhof blickte. Es schneite inzwischen nicht mehr, und der Mond schien wieder hell. Auf der Rückseite der Gebäude lief alles zusammen, und eine Blech- oder Stahlklappe schepperte unten leise in einem Luftzug. Gegenüber sah er eine erleuchtete Wohnung, in der vier Menschen – junge Franzosen natürlich, zwei Frauen, zwei Männer – auf Sofas saßen und sich unterhielten, Zigaretten rauchten und aus Gläsern Bier tranken. Das Licht im Wohnzimmer war gelblich, und das Zimmer nebenan war ebenfalls erleuchtet. Dort stand ein Bett, auf dem Mäntel lagen, und auf der anderen Seite war eine helle Küche zu sehen mit Blumenkästen am Fenster, in die rote Geranien oder etwas Ähnliches gepflanzt waren. Er fragte sich, wie spät es wohl sei. Diese Leute unterhielten sich mitten in der Nacht. Oder vielleicht hatte er nicht lange, sondern einfach sehr tief geschlafen. Er war sich aber sicher, daß demnächst eines der Paare aufbrechen würde und die beiden anderen dann kurz aufräumen und sich zum Schlafen bereitmachen würden. Es würde ihm guttun, sie zu beobachten – er wollte nicht zusehen, wie sie sich auszogen oder miteinander schliefen, wie sie sich stritten oder umarmten, er wollte einfach nur beobachten, wie sie ganz gewöhnliche Dinge taten, ihr ganz gewöhnliches Leben lebten. Das würde vieles über sie verraten. Bestimmt hatten jahrelang andere vor ihm genau dasselbe getan, was er jetzt tat: beobachten. Vielleicht hatten sie genau diese Leute beobachtet – und sich in den späten Nachtstunden einsam und verzweifelt in diesen fremden Zimmern herumgetrieben. Oder aufgekratzt. Wütend. Verwirrt. Und dann waren sie mit einem gewissen Gefühl der Befriedigung ins Bett zurückgekehrt. Er hatte daran teil. Teilte diese Erfahrung wahrscheinlich sogar mit Langston Hughes – er wußte nicht, weshalb gerade der ihm in den Sinn kam – und mit vielen anderen. Sie alle hatten dasselbe in Paris getan, in ebendiesem Badezimmer. Man mußte bloß hiersein, um daran teilzuhaben.

Als er wieder in das dunkle Schlafzimmer zurückkehrte, war er selbst etwas aufgekratzt und wollte nicht wieder ins Bett, obwohl ihm kalt war. Von irgendwoher drang ein ungewöhnlich würziger Geruch nach zubereitetem Fleisch ins Zimmer. Er meinte, jemanden lachen zu hören, und dann, wie Karten gemischt wurden. Der Mond schien durchs Fenster, und die Luft schimmerte hell. Er saß in dem Sessel und starrte auf die arabischen Kunstdrucke, stand dann auf und trat näher an die Bilder heran – Kamele, eine Oase, Männer im Gespräch. Alles passend. Die Zeichnungen waren kunstvoller, als er angenommen hatte. Das Zimmer hatte auf ihn wie ein Loch gewirkt, billig und schmuddelig, ein Elendsquartier. Aber nun kam es ihm gar nicht mehr so schlimm vor. Er könnte es hier noch etwas aushalten. Wenn Helen weiterreiste

oder nach Hause zurückkehrte, könnte er das Zimmer für einen ganzen Monat mieten. Die Dinge konnten sich wandeln. Unter anderen Umständen würde das Hotel einen anderen Charakter bekommen. Er könnte sich einen Tisch beschaffen und hier schreiben, obwohl er nichts Bestimmtes im Sinn hatte (vielleicht könnte Madame de Grenelle ihm in diesem Punkt weiterhelfen). Man mußte es einfach einmal versuchen. Er hatte Photos von den Räumen berühmter Künstler gesehen – fast immer befanden sie sich in Paris –, und sie machten alle einen schlimmeren Eindruck als das Nouvelle Métropole. Mindestens viermal so schlimm. Im nachhinein jedoch schienen sie genau das Richtige, man hätte sich in ihnen aufhalten wollen, nur in ihnen hatte ein bestimmter Roman oder ein bestimmtes Gedicht entstehen können. Man verließ sich auf sein Gefühl. Das war alles. Er versuchte, sich an die Zeile zu erinnern, die ihm immer mal wieder durch den Kopf ging. Woraus stammte sie? Aber er konnte sich im Moment nicht einmal an einzelne Worte erinnern, auch nicht daran, wer sie geschrieben hatte.
Er betrachtete Helen im Schlaf. Er ging näher an sie heran, beugte sich über sie, hielt ein Ohr an ihr Gesicht, um zu hören, ob sie noch bei ihm war, hörte ihren kurzen, flachen Atem. Sie nahm Tabletten. Die konnten einen dahinraffen. Morgen würde er einen Arzt anrufen müssen. Er würde im Telephonbuch nachsehen müssen.
Es war falsch, daß sie ihn davon abhalten wollte, seine Liebe zu offenbaren. Ebendas hatte er empfunden, und

warum sollte er es dann nicht ausdrücken. Liebe war nie unangebracht; sie verletzte niemals. Es handelte sich natürlich nicht um jenes Spirituelle, wonach sie gefragt hatte, damit hatte es nichts zu tun. Wenn er darauf mit »Liebe« geantwortet hätte, hätte sie bloß gelacht.

Unten auf der Straße erscholl irgendwo ein lautes Geräusch, ein Knall, aber ein Knall, der etwas Hallendes hatte – ein Geräusch, wie er es so noch nie zuvor gehört hatte. Er setzte sich wieder hin und verharrte regungslos, während er auf andere Geräusche horchte, Lauten nachlauschte, ohne seine Gedanken weiterzuverfolgen.

Helen lag wie zuvor da, auf der Seite, aber ihre Augen waren jetzt offen. Sie starrte ihn an, hatte einfach die Augen auf ihn gerichtet.

»Warum bist du wach?« fragte er leise. Er kniete sich neben sie und berührte ihr Gesicht, berührte ihre Wange, die kühl war.

»Was machst du?« sagte sie kaum vernehmbar, ohne sich zu bewegen, und seufzte dann.

»Ich sitz einfach da«, sagte er.

»Morgen kommt mir so seltsam vor, ein seltsamer Tag, findest du nicht?«

»Wir werden uns schon etwas einfallen lassen. Denk jetzt nicht an morgen«, sagte er.

»Schläfst du?« Sie schloß die Augen.

»Ja«, sagte Matthews. »Ich schlafe.«

»Mußt du auch«, sagte sie und war noch im selben Moment eingeschlafen.

Matthews lehnte sich zurück und wartete einen Augenblick, während er weiter auf Geräusche von draußen horchte. Eine Sirene oder eine Hupe, etwas, um dem anderen Geräusch, dem Knall, einen Rhythmus zu verleihen. Er hörte, wie sich ein Auto durch die verschneite Straße bewegte, bremsend ins Schleudern geriet und weiterfuhr. Und dann ging er zu Bett und dachte, während er vom Fußende an der kalten Wand entlang unter die Decke kroch, daß er jetzt niemals würde schlafen können, weil sein Herz so pochte und weil der bevorstehende Tag wahrscheinlich tatsächlich, wie Helen gesagt hatte, ein seltsamer Tag werden würde.

Als er aufwachte, war es halb elf. Das Licht, das durch das Fenster ins Zimmer schien, war heller, als er erwartet hatte. Ein gelber Lichtstrahl fiel im schrägen Winkel auf sein Hemd, das noch vom Vorabend dalag.
Er zog seine Hose an und ging zum Fenster. Jetzt bekam er wahrscheinlich einen ganz neuen Eindruck von Paris, dachte er. Das Zimmer war nicht mehr so kalt. Er hatte lange und gut geschlafen.
Und er hatte recht. Der gestrige Schnee war fast ganz verschwunden. Hier und dort sah man etwas matschigen Schnee auf dem Friedhofsgelände und auf ein, zwei geparkten Autos. Aber der Frühling schien plötzlich ausgebrochen zu sein – die Platanenstämme waren feucht und dunkel, der Boden vollgesogen, von den sonnenbeschienenen Grabsteinen stieg ein zarter Nebel auf, der den

Friedhof in einen Park verwandelt hatte. Natürlich war nirgendwo ein Hinweis auf den Mann, der in dem Grabmal übernachtet hatte. Er konnte nicht mehr genau ausmachen, welches es gewesen war, und glaubte, er habe es vielleicht nur geträumt. Er hatte zuviel getrunken. Selbst Rex und Beatrice kamen ihm unwirklich vor – ein schlechter Traum, den man lieber gleich wieder vergaß.

Helen lag vollkommen ruhig da, den Kopf unter ihrem Kissen, scheinbar ohne zu atmen. Zum zweiten Mal – oder vielleicht bereits zum dritten – beugte er sich über sie, um zu horchen. Sie atmete mit tiefen, kräftigen Zügen. Vielleicht würde sie den ganzen Nachmittag schlafen. Sie war schwach. Die Ruhe würde ihr guttun.

Aber was sollte er bis dahin unternehmen? Einen ihrer Krimis lesen. Es wäre sicherlich nicht das Richtige, mit einem Buch an Helens Bett zu sitzen, während draußen die Stadt sich erwärmte und – womöglich nur für einen kurzen Moment – zu einem angenehmeren Ort wurde. Das wäre allzusehr wie Krankenhaus: unbedingt zur Stelle sein zu wollen, wenn der Patient nach dem Eingriff aufwacht. Es gab keinen Eingriff; es gab gar nichts. Vielleicht litt Helen tatsächlich lediglich unter Jetlag. Oder sie übertrieb ihre Symptome, weil sie in die Wechseljahre kam. Unbewußt, natürlich. Dasselbe war seiner Mutter passiert, und es hatte seinen Vater verrückt gemacht. Und dann war es eines Tages einfach vorbei gewesen. Er wußte ja gar nicht, ob Helen Krebs hatte oder unter Schmerzen litt. So etwas wußte man nur aufgrund von Beweisen, wenn man sah, was die Krankheit bewirkt hatte. Es gab die Flecken, aber sie konnten womöglich ganz einfach erklärt werden – womit er nicht sagen wollte, daß sie log.

Aber an Helens Stelle käme es ihm gerade recht, daß man ihn schlafen ließ – in der Hoffnung, daß er sich danach besser fühlte. Inzwischen konnte er zum ersten Mal allein durch die Straßen von Paris wandern und die Stadt auf die angemessene Weise erfahren. Aus nächster Nähe. Unmittelbar.

Eine halbe Stunde später war er geduscht und angezogen, hatte den *Fodor's* aufgetrieben, den strahlenden Morgen hinter dem Vorhang verschwinden lassen und eine Nachricht für Helen hinterlassen, die er mit Zahnpasta an den Badezimmerspiegel klebte. »H. Ich bin um 1.00 wieder da. Ruh dich aus. Dann machen wir die Bootsfahrt. Alles Liebe, C.«

Auf der Rue Froidevaux war es tatsächlich wie ein Frühlingsmorgen: Das Licht war wäßrig und kräftig, und im Wind lag ein wärmender Hauch, der einem fremd und unbeständig vorkam, aber den Tag rettete. Er wollte einfach in irgendeine Richtung aufbrechen, bis er auf einen Spielzeugladen stieß – einen eleganten französischen Spielzeugladen voller kostbarer Dinge, von denen ein amerikanisches Kind nicht einmal zu träumen wagte –, um dort für Lelia ein Weihnachtsgeschenk zu kaufen. Er hatte schon vor Wochen Kartons voll mit den üblichen amerikanischen Spielsachen auf den Weg gebracht. Alle aus Ohio, aus einem Einkaufszentrum. Aber etwas ganz Besonderes aus Frankreich wäre vielleicht das ideale Geschenk. Ein Geschenk, das ihr besonders viel bedeuten würde. Er war sich nicht sicher, ob Lelia wußte, daß er in Frankreich war, ob er es ihr beim letzten Telephongespräch nach Thanksgiving gesagt hatte.

Er studierte den Straßenplan im *Fodor's* und beschloß, nach links auf den Boulevard Raspail abzubiegen und ihm bis über den Boulevard du Montparnasse zu folgen – berühmte Straßen, die er noch von seinen Recherchen für *Das Dilemma* her kannte –, um dann die Rue Vavin zu nehmen, die schräg auf den Jardin du Luxembourg zulief. Irgendwo entlang jener illustren Straßen würde er mit Sicherheit das entsprechende Geschäft finden. Anschließend wollte er eine andere Route ausprobieren, die ihn bis ein Uhr mittags zum Nouvelle Métropole zurückführen würde, wo er nach Helen sehen wollte. Vielleicht wäre dann ein Arztbesuch nötig, was er aber nicht hoffte. Er fragte sich, ob sie wohl irgendwo sein Buch versteckt hatte. Er hatte ursprünglich kurz in ihrem Koffer nachschauen wollen, als er das Zimmer aufräumte und sie im Badezimmer war. Doch es war ihm entfallen. Und eigentlich war es ihm inzwischen egal. Auch wenn Menschen in Porträts oft besser aussahen als im richtigen Leben, hatten sie es dennoch nicht so gern. Biographien waren voll von solchen Fehden. Helen war jedoch in der Lage zu erkennen, daß eine Romangestalt lediglich ein aus Worten erschaffenes Wesen – eine freie Erfindung – war und nicht die Wiedergabe einer wirklichen Person auf Papier. Wirkliche Menschen würden immer sie selbst sein und nicht formbar wie Romangestalten, die wichtige Erkenntnisse zu Tage fördern mußten. (Genau das war sicher ein Problem seines Romans.) Wirkliche Menschen waren immer schwieriger.

In Helens jetzigem Zustand konnte man nicht wissen, wie sie es aufnehmen würde: Vielleicht würde es sie bloß amüsieren, vielleicht wäre sie gar nicht wütend, sondern fühlte sich sogar geschmeichelt. Man sollte sich eben nicht mit einem Schriftsteller einlassen, wenn man nicht in einem Buch auftauchen wollte. Dann sollte man sich lieber an einen Schreiner oder Schlosser oder einen Vertreter halten – da war man sicher.

Inzwischen kam ihm alles nicht mehr so schlimm vor. Er empfand sich als kleiner, aber beseelter Teil einer allumfassenden Erfahrung, die ihn nicht einschränkte, während er den breiten, belebten Boulevard Raspail entlangging – eine berühmte Straße, über die er kaum Genaueres wußte –, kein besonderes Ziel vor Augen, der Sprache kaum mächtig, ahnungslos, was Währung, Entfernungen, Himmelsrichtungen anbelangte. Helen dominierte sein Leben, schob alle anderen Interessen beiseite, wußte genau, wo ihre Interessen lagen, und ging davon aus, daß er sie teilte. Und er konnte es ihr nicht einmal verübeln. Er respektierte sie sogar genau aus diesem Grund. Wenn sein

Leben eingeschränkt gewesen war, so lag die Schuld bei ihm, erst recht angesichts des Energieschubs, den er nun verspürte, während er den Boulevard du Montparnasse beim Le Dôme überquerte, dort, wo Lenin und Trotzki zu Mittag gegessen hatten und wo – das fiel ihm jetzt aus seinem Unterricht ein – der große Harry Crowder 1930 ein Lied von Samuel Beckett gesungen hatte. Wenn er später wieder hierher zurückfand und sich zusammenreimte, wie man *soupe de poisson* auf französisch bestellte, würde auch er im Le Dôme einkehren.

Über Helen konnte er letztlich nur sagen, daß er nicht in der Lage war, aufgrund seiner eigenen Bedürfnisse und Forderungen den ihren gerecht zu werden, und daß er den Dingen einfach ihren Lauf lassen sollte, um dann, sobald sie wieder zu Hause waren, still und leise von ihr Abschied zu nehmen. Genauso hatte er sich gefühlt, als er seinen Beruf als Professor aufgegeben hatte – daß er gerade noch mit dem Leben davongekommen war. Wenn er da nicht mehr herausgefunden hätte, dann hätte er sich das selbst zuschreiben müssen. Helen war natürlich keine solch ernsthafte Bedrohung. Alles in allem war Helen eine nette Frau.

Ohne Zweifel wandelte sich sein Leben, und zwar zum Besseren. Die Tatsache, daß es ihm nichts ausmachte, allein und »verloren« in Paris zu sein, war bloß ein kleiner Beweis dafür. Blumbergs Bemerkung, hier kenne ihn keiner, die ihm noch vor zwei Tagen wie ein dunkler Schatten erschienen war, der sich allmählich vor die Sonne schob, war nun gar nicht mehr bedrohlich. Man erkannte solche Veränderungen an einem selbst, so glaubte er, nicht daran, wie andere über einen dachten, sondern daran, wie man selbst über sich dachte. Nun machte er sich keine Sorgen mehr darüber, daß er seine Erfahrungen in Paris nicht auf Ohio übertragen könnte, sondern fragte sich, ob es möglich sei, sich auf das einzulassen, was in Paris geschah – etwas, was er nie für möglich gehalten hätte, als er am Wilmot College Seminare über den afroamerikanischen Roman abgehalten hatte.

Um so entscheidender war daher sein geplanter Besuch bei Madame de Grenelle, da die Übersetzung des *Dilemmas* ein erster Schritt wäre – ein Schritt dahin, jemand zu werden, der bereit war, sich dem Leben radikal zu stellen. Genau aus dem Grund waren wohl schwarze Künstler in so großer Zahl nach Paris gekommen: indem sie sich von den schrecklichen Ereignissen zu Hause entfernten, hatten sie mehr Leben aufnehmen können – sie waren sozusagen verschwunden und für sich selbst zugleich sichtbarer geworden. »Paris hieß die schwarzen Schriftsteller willkommen.« Diesen Satz hatte er in den Lehrbüchern gelesen und ihn auch selbst all die Jahre hindurch wiederholt, ohne auch nur einen Moment darüber nachzudenken, ohne auf den Gedanken zu kommen, er selbst könnte mit schwarzen Schriftstellern etwas gemein haben. Vielleicht konnte Paris auch Charley Matthews in die Arme schließen. Sein Bedürfnis danach war nicht vermessen. Es waren schon seltsamere Dinge geschehen.

Vom Boulevard Raspail bog er auf die Rue Bréa ab und ging ohne einen weiteren Blick direkt auf den Spielzeugladen zu, den er gesucht hatte: ein schmales Geschäft, das umgeben war von elegant wirkenden Juwelierläden und zweitklassigen Galerien, die tibetanische Kunst ausstellten. »*Si j´étais plus jeune*« stand auf dem Schild.

In dem Laden, der vor allem Spielwaren aus der Schweiz verkaufte, entdeckte er eine geradezu verwirrende Auswahl an wundervollen Möglichkeiten – alles natürlich lächerlich teuer, und wahrscheinlich würde nichts davon bis Neujahr in heilem Zustand in Kalifornien eintreffen. Es wäre sicher besser, etwas Kleines zu kaufen und es selbst mit nach Hause zu nehmen und für später aufzubewahren, für Lelias Geburtstag im März.

Aber das genügte einfach nicht. Es mußte etwas aus Paris ankommen, auch wenn sie nicht wußte, daß er sich hier aufhielt, und es mußte rechtzeitig zu Weihnachten, also in einer Woche, eintreffen. Kosten sollten dabei keine Rolle spielen.

Er sah sich weiter im Laden um, betrachtete aufwendig geschnitzte Mahagonisegelschiffe und handgemachte Spielzeugeisenbahnen in verschiedenen Größen und mit verschiedenen glänzenden Emaillasuren; aufwendige Plüschbären, -löwen und -lamas, die, wie ihm schien, aus Kaschmir und echten Edelsteinen gefertigt waren; und mit vielen liebevollen Details ausgestattete Puppentheater mit seidenen Marionetten, die mit Hilfe eines kleinen Computers Französisch, Deutsch oder Italienisch sprachen. Er wollte die junge Verkäuferin – offensichtlich ein gelangweiltes Fotomodell – fragen, ob es in dem Laden vielleicht etwas Geeignetes für ein sechsjähriges Mädchen in der Nähe von San Francisco gebe, etwas, was klein und tragbar wäre und ganz einzigartig, der Preis sei unwichtig. Die Verkäuferin würde, so dachte er sich, Englisch beherrschen – und auch Französisch, Deutsch und Italienisch, wahrscheinlich auch Schwedisch und Niederländisch und Kroatisch, aber eigentlich sollte er mit ihr auf französisch sprechen, so, wie Helen es getan hätte. Bloß wußte er nicht einmal, wie er ein solches Gespräch beginnen sollte. Was er von ihr wollte, war hoffnungslos verstrickt in unbekannten Zeitformen, unverständlichen idiomatischen Ausdrücken, komplexen französischen Begriffen und – was das schlimmste war – französischen Zahlen, großen Zahlen, die die Franzosen absichtsvoll verkomplizierten und die er jenseits von zwanzig, *vingt*, ohnehin nicht kannte.

Die Verkäuferin saß, in eine *Elle* vertieft, mit übergeschlagenen Beinen auf einer Art Hightech-Hocker, bekleidet mit einem geradezu lachhaft kurzen roten Lederrock. Und als er beklommen das dritte Mal an ihrem Platz neben der Kasse vorbeigegangen war, blieb er einfach stehen und sah sie an, wobei er etwas mitleiderregend lächelte und den Kopf schüttelte. Mit dem emporgestreckten Zeigefinger machte er aus irgendeinem Grund eine kreisende Bewegung, mit der er andeuten wollte, daß es hier viel zu viele bestaunenswerte Dinge zur Auswahl gebe, so daß er jetzt erst einmal weitergehen und vielleicht später wiederkommen würde. Die junge Frau sah jedoch auf, lächelte ihn an und legte die Zeitschrift beiseite. »Wenn ich Ihnen etwas zeigen kann, sagen Sie es nur. Ich hab nicht viel zu tun, wie Sie sehen«, sagte sie mit einer schockierend amerikanischen Stimme. Offensichtlich stammte sie aus dem Mittleren Westen.

Nach zehn Minuten hatte Matthews der jungen Frau – einer Kanadierin, die sich mit Zollvorschriften und Wertangaben beim Paketversand in die USA auskannte – seine Wünsche, Bedenken und Zeitvorstellungen vorgetragen. In einem Buch entdeckte die Verkäuferin sogar, was als Geschenk für ein sechsjähriges französisches Mädchen empfohlen wurde, und daraus wählte Matthews eine leuchtendgelbe Wandtafel aus Plastik aus, auf der Nachrichten hinterlassen, anschließend gelöscht und – indem man an der Seite einen roten Knopf drückte – elektronisch wieder aufgerufen werden konnten. Er war sich nicht ganz sicher, ob Lelia das Geschenk gefallen würde, da sie in Mathematik angeblich besser war als in Schreiben, aber sie konnte ja auch darauf rechnen, wenn sie wollte, und immerhin war die Tafel nicht amerikanisch, und auf dem gelben Plastikrahmen waren französische Wendungen eingeprägt – *Hallo? On y va? Ça va bien? N'est-ce pas?* – sowie Reliefdarstellungen des Eiffelturms, des Triumphbogens, der Bastille, des Panthéons, irgendeiner Brücke: alles bis auf Napoleons Grabmal.

Die Tafel würde, wie die Verkäuferin versicherte, als Geschenk verpackt und gegen Beschädigung versichert am

Weihnachtstag oder noch davor per Kurier an Pennys Adresse in Palomar Park zugestellt. Das Ganze würde weniger als tausend Franc kosten, was Matthews mit seiner Kreditkarte beglich. Er legte auch noch einen handgeschriebenen Gruß in die Schachtel: »Mein Liebling, Du und ich werden nächstes Weihnachten zusammen in Paris verbringen, n'est-ce pas? On y va. Voilà. Dad.«

Das Ergebnis dieser gelungenen Transaktion war, daß er das Gefühl hatte, der Tag sei gerettet und er könne nun erst recht das tun, worauf er Lust hatte. Als er wieder auf die Rue Bréa hinaustrat, fiel das schräge Licht des Spätvormittags auf die Pflastersteine und war noch wärmer als zuvor, so als könnte der Dezember direkt in den Frühling münden: Paris war nicht bedrohlich – er hatte gestern recht gehabt. Und wie er vermutet hatte, kam er ganz gut allein zurecht, obwohl es ihn ärgerte, daß er nicht genug Wörter kannte, um nach dem Weg zu fragen oder die anschließenden Anweisungen zu verstehen. Er würde sich an die einfachen touristischen Beschäftigungen halten müssen (Zeitung kaufen, Kaffee bestellen, Taxameter lesen), aber diese kleine Behinderung wäre bald behoben. Sprachkenntnisse hin oder her – er konnte überall hingehen, auch wenn er, dort angekommen, lediglich einen Kaffee bestellen konnte. Das beste wäre, Paris als einen ihm bekannten Ort zu behandeln, einen Ort, an dem er sich wohl fühlte, egal, wie widerspenstig oder exotisch er sich erwies. Er beschloß, für Helen Blumen zu kaufen – es sollte seine erste gänzlich französische Hand-

lung sein. So wie der Spielzeugladen würde früher oder später auch ein Blumenstand auftauchen.
Am Ende der Rue Bréa bog er nach links, wo laut *Fodor's* der Jardin du Luxembourg liegen sollte. Dort wollte er auf dem sonnenbeschienenen Rasen entlangspazieren, zuschauen, wie Kinder ihre Bötchen auf dem kleinen See schwimmen ließen (Helen hatte davon erzählt), und schließlich zum Panthéon hinübergehen und von dort zur Sorbonne, um sich allmählich St-Sulpice und der Rue du Vieux-Colombier zu nähern, wo der berühmte »Club 21« gewesen war und Sidney Bechet und Hot Lips Page in den fünfziger Jahren gespielt hatten. Warum sollte er nicht einmal dort vorbeischauen – nach all den Stunden, die er über völlig unbekannte Orte und Leute geschwafelt hatte. Er hatte keine Ahnung, warum gerade dieser Ort ihm in den Sinn kam oder was er dort zu sehen hoffte. Wahrscheinlich war es irgendein vernagelter Schuppen – wieder mal etwas, was nur in einem Buch existierte. Allerdings nicht in seinem Buch. Im *Dilemma* hatte er schwarze Jazzclubs mit keinem Wort erwähnt. Sie hatten mit dem unglücklichen Aufenthalt seiner weiblichen Hauptfigur – Greta – nichts zu tun. Außerdem hatte er keine Ahnung von Jazz und machte sich auch nicht viel daraus.
Jetzt, nachdem er ein Geschenk an Lelia verschickt hatte, war Penny als ungebetener Gast in seine Gedanken zurückgekehrt. Ihm wurde klar, daß er immer angenommen hatte, er werde irgendwann einfach »abschalten« – egal, wie er damals empfunden hatte oder wie viele Roma-

ne ihr Abschied vielleicht ausgelöst hätte oder wie tief auch die Furchen der Verzweiflung sich durch sein Leben ziehen würden. Einfach von Penny »abschalten« und sich etwas oder jemand anderem zuwenden. Das, so fand er, war notwendig, wenn das Leben weitergehen sollte. Überlebende eines Flugzeugunglücks, Emigranten, Kriegsflüchtlinge – sie alle hatten für sich eine Demarkationslinie gezogen, wenn sie nicht ohnehin für sie gezogen worden war: eine Linie, die sie einmal überquerten und hinter die sie dann nie wieder zurückkehrten.

Jetzt aber, da er zum ersten Mal seit Tagen einen klaren Kopf hatte, kam ihm der Gedanke, daß die Sache mit der Demarkationslinie vielleicht nicht ganz realistisch sei; als Exilant durchzukommen, war vielleicht doch ein sehr langsamer, sich hinziehender Prozeß, der möglicherweise erst mit dem Tod abgeschlossen sein würde – und Kinder machten die Sache noch schwieriger. Und obwohl er sich manchmal einzureden versuchte, daß es egal sei, ob Penny und er sich scheiden ließen, und er manchmal das Gefühl hatte, daß Penny tatsächlich mit einem Flugzeug abgestürzt sei und er nie wieder etwas von ihr hören würde, so entsprach beides nicht der Realität, und man mußte zu ganz anderen Maßnahmen greifen, um die gewünschten Resultate zu erzielen. Man mußte sich, mit anderen Worten, eben doch scheiden lassen. Bis jetzt hatte er diesbezüglich gezögert, hatte das alles nicht ganz ernst genommen und beiseite geschoben. Aber das mußte sich jetzt ändern. Nach der Rückkehr nach Ohio würde dies seine erste Amtshandlung sein. Wenn Penny meinte, daß sie sich unbedingt von ihm scheiden lassen wollte, so würde sie sich noch wundern, auf was für eine Scheidung sie bei ihm gefaßt sein mußte. Bis Februar wären Penny und er »abgeschaltet«, das schwor er sich.

Auch das hatte, so kam es ihm in den Sinn, damit zu tun, daß er nicht im Zentrum der Dinge stehen wollte, daß er sich in den Ereignissen verlieren und sich vielleicht sogar in die Normalität eines fremden Landes einfügen wollte – wobei es natürlich töricht war, von Normalität zu sprechen. Sieh dich doch um (er sagte das überraschenderweise laut vor sich hin). Er würde sich nie in Paris einfügen können. Aber das hieß nicht, daß man mit den richtigen Motiven nicht einfach hiersein konnte, sogar hier leben, eine Wohnung finden, sich in der Stadt auskennen und die Sprache ausreichend beherrschen konnte. Wenn man schon nicht vollkommen abschalten oder sich einklinken konnte, so konnte man doch eindeutige, energische Schritte unternehmen, um wenigstens ein paar der gewünschten Ergebnisse zu erzielen. Ein Teil dessen, was man wollte, war zu erreichen.

Er stieß auf eine Straße, die laut Stadtplan die Rue d'Assas sein mußte – genau gegenüber sollte der Jardin du Luxembourg liegen. Aber statt dessen stand er auf der Rue Notre-Dame-des-Champs, und vor ihm befand sich nicht der berühmte Park mit dem von den Medici erbauten Palais aus dem siebzehnten Jahrhundert, sondern erneut der Boulevard Raspail, allerdings ein Abschnitt, den er noch nicht kannte. Der Jardin du Luxembourg mußte jedoch noch rechts von ihm liegen. Er würde also einfach die erste Straße in diese Richtung nehmen, auch wenn das bedeutete, wieder auf den Boulevard Raspail zu gehen, der inzwischen in beiden Richtungen mit stinkenden, hupenden Autos verstopft war. Gut, zu Fuß unterwegs zu sein, sagte er sich.

Die erste Straße, die von dem brodelnden Boulevard wegführte, erwies sich als die Rue Huysmans, die zunächst in die richtige Richtung verlief, bis sie sich gabelte – und ausgerechnet die Straße, von der Matthews meinte, daß sie ihn zum Jardin du Luxembourg bringen würde, war wegen irgendeiner polizeilichen Maßnahme für Fußgänger gesperrt. Etliche weiße Polizeiautos mit blinkendem Blaulicht und noch mehr Polizeimotorräder, deren Fahrer mit Helmen, Maschinenpistolen und schwarzen kugelsicheren Westen ausgestattet waren, umringten einen kleinen glatzköpfigen Mann, der mitten auf der gepflasterten Straße saß, die Hände hinter dem Nacken verschränkt. Einige französische Passanten standen da und blickten in die kurze Straße, obwohl ein junger Polizist, der ebenfalls eine schwarze kugelsichere Weste und einen schwarzen Helm trug, mit seiner Maschinenpistole die Leute zu jener schmalen Straße hinüberwinkte, die Matthews nicht hatte nehmen wollen – der Rue Duguay-Trouin. Während er zu dem Mann hinüberstarrte, der auf der Straße saß, fragte er sich, ob es eine Verbindung geben könnte zwischen diesem Vorfall und den Knallgeräuschen – Geräuschen

einer Waffe –, die er letzte Nacht gehört hatte. Wahrscheinlich war es so.
Die Rue Duguay-Trouin, in die er auf die nicht ganz eindeutige Aufforderung des Polizisten und die Bewegung seiner Maschinenpistole hin zögernd einbog, kam ihm irgendwie bekannt vor. Er war natürlich noch nie in seinem Leben in dieser Straße gewesen. Sie war kurz, bestand lediglich aus einer Häuserzeile und endete unvermittelt an einer lebhaften breiten Straße, von der Matthews annahm, daß es sich wiederum um den Boulevard Raspail handelte. Auf beiden Seiten der engen dunklen Straße erhoben sich nicht sehr alte, sandfarbene Wohnhäuser mit zurückgesetzten modernisierten Glaseingängen, die den Blick auf Hinterhöfe mit kargen Blumenbeeten und einigen geparkten Autos freigaben. Es war eine Straße, in die man, anders als bei der Rue Froidevaux, investiert hatte. Am Bordstein waren keine Autos geparkt, und nur ein paar in Mäntel gehüllte Passanten waren mit ihren Hunden auf dem Bürgersteig unterwegs, und die Straße lag im Schatten, weshalb es hier kälter war als vor dem Spielzeugladen. Ein paar verharschte Schneepolster waren in den Spalten im Beton der Gebäudefassaden zurückgeblieben, und die Straße wirkte insgesamt wenig einladend. Es wunderte ihn, daß ihm die Rue Duguay-Trouin bekannt vorkam – vielleicht tauchte sie in einem der Romane auf, die er in seinen Seminaren behandelt hatte, oder hier stand ein Haus, in dem James Baldwin oder James Jones oder Henry James einst gelebt und Gott-weiß-was getrie-

ben hatten, worüber natürlich jemand hatte schreiben müssen, als wäre er davon endlos fasziniert. Aber er hätte es genauso gern vergessen.

Als er jedoch fast am Ende der Straße angelangt war, dort, wo sie in einen breiten Boulevard mündete, dessen große wimmelnde Kreuzung von einem helleren Himmel überwölbt war, fiel sein Blick zufällig auf das Haus Nummer 4 und eine weitere kleine Messingplakette, auf der »Editions des Châtaigniers« stand. Er las den Schriftzug flüchtig, ohne sich etwas dabei zu denken, sah dann aber noch mal hin. Editions des Châtaigniers. 4, Rue Duguay-Trouin. 75006 Paris. Es war sein Verlag – er war eher verblüfft als erschrocken.

Vom Bürgersteig aus sah er zur hellbraunen Steinfassade hinauf. Vier Stockwerke: im obersten eine Front kleiner Fenster mit Balustraden davor und darüber niedrige Mansarden mit Giebelfenstern und Schornsteinen und so etwas wie Geranienkästen. Die Büros lagen vielleicht dort oben, unterm Dach, überlegte er sich. Zweifellos war der Verlag doch etwas bescheidener, als er angenommen hatte. Aber es befriedigte ihn, daß Paris immerhin so klein und übersichtlich war, daß er am zweiten Tag zufällig seinen Verlag entdeckt hatte.

Natürlich hätte er sich hier mit François Blumberg zunächst zu einem kurzen konsolidierenden Gespräch getroffen, bevor sie dann ins Le Dôme oder La Coupole zu einem langen denkwürdigen Mittagessen aufgebrochen wären, das sich bis zum Einbruch der Dunkelheit hingezogen hätte. Eine unverbrüchliche Freundschaft hätte ihren Anfang genommen, und schließlich wäre er allein über den Boulevard du Montparnasse zu seinem Hotel zurückgeschlendert (einem besseren Hotel in dieser überarbeiteten Version), hätte eine kubanische Zigarre geraucht, während der abendliche Verkehr dichter wurde und die gelben Lichter der Brasserien, der winzigen Buchläden und eleganten Restaurants, die den Bürgersteig säumten, warm am dunklen Himmel schimmerten. So hatte er es sich damals vorgestellt – eine schöne Vorstellung. Er hatte niemandem davon erzählt, weil sich niemand dafür interessiert hätte, außer seinen Eltern vielleicht, die ihn aber nicht verstanden hätten. *Châtaignier* – er hatte nachgesehen – bedeutete Kastanienbaum. Und hier war er nun. Immerhin. Und obwohl die Verlagsräume über die Feiertage geschlossen waren, fühlte er sich durch diesen kurzen Kontakt beruhigt. Er war nun schon so nahe dran, und eines Tages würde er mit Sicherheit noch näher herankommen – sobald ihn jemand in Paris kannte.

Er trat an die Glastür des überwölbten Eingangs von Nr. 4 und blickte den Flur entlang, der in einen kleinen, mit Backsteinen gepflasterten Hof mündete, wo ein Auto stand und ein Mann mit einem großen handgemachten Reisigbesen den Schnee wie welkes Laub zu einem Gully hinfegte. Der Mann beachtete Matthews nicht und verschwand kurz darauf aus seinem Blickfeld.

Neben der Tür war eine Messingtafel mit Knöpfen, die

mit 1 bis 10 und A bis E beschriftet waren. Nirgendwo standen Namen, wie es zu Hause üblich gewesen wäre. Man mußte den Kode kennen, um überhaupt hineinzukommen. Frankreich war ein Ort, an dem die Menschen zurückgezogener lebten als in den USA, so glaubte er – aber auf merkwürdige Weise auch freier. Die Franzosen kannten den Unterschied zwischen privat und intim.

Er schaute noch einmal die steile Hausfassade hinauf – glatter braungelber Stein, der in einen erstaunlich blauen Himmel ragte. Er blickte noch einmal hinter sich die Rue Duguay-Trouin entlang. Am Anfang der Straße stand lediglich eine blonde Frau mit einem Springerspaniel an der Leine, die sich mit dem Polizisten mit der Maschinenpistole unterhielt. Sie schüttelten den Kopf, als seien sie nicht einer Meinung. Vom anderen Ende der Straße drang der gedämpfte Verkehrslärm des Boulevards zu ihm.

Er wollte die Messingknöpfe drücken, einfach um sie mal unter den Fingern zu spüren. Natürlich würde nichts passieren, obwohl er vielleicht mit einigem Glück beim Verlag klingeln würde. Er drückte schnell C für Châtaignier, dann sein eigenes Geburtsdatum, 22. 3. 59, stand da und wartete, während er in den düsteren Flur starrte, auf das Auto und den kleinen verkrusteten Schneehaufen auf dem Gully. Er erwartete nicht, daß jemand auftauchte. C-22-3-59 hatte keine Bedeutung. Aber er wäre auch nicht überrascht gewesen, wenn plötzlich jemand – eine junge Sekretärin oder eine hübsche, wenn auch überarbeitete Lektoratsassistentin – mit einem Lächeln um die Ecke gebogen wäre, etwas außer Atem, aber gerne bereit, ihn zu den Verlagsräumen hinaufzuführen, auch wenn sie ihn nicht erkannte. Er würde mit ihr natürlich französisch sprechen, genau wie in seinem Traum; die Assistentin würde seinem Charme erliegen, ihm gewisse Blicke zuwerfen, und später würde er sie zum Abendessen einladen und (wieder einmal) im Abendlicht den Boulevard du Montparnasse hinuntergehen.

Aber nichts geschah.

Matthews stand, die Hände in den Taschen seines Trenchcoats, draußen vor der Tür und blickte hinein, wobei seine Gestalt sich nicht im Glas spiegelte. Er hatte plötzlich das Gefühl, daß er lächelte – wenn er sein Gesicht hätte sehen können, hätte er darauf ein beinahe glückseliges Lächeln entdeckt: zweifellos ein merkwürdiger Anblick, wenn plötzlich jemand aufgetaucht wäre. Er betrachtete noch einmal die kühl glänzende Tafel. Undurchdringbar. Er drückte entschlossen F-1-7-8-9 und wartete dann auf ein Geräusch, ein leises, fernes Surren des automatischen Türöffners. Er sah noch einmal zu dem Polizisten am Anfang der Straße, der nun allein dastand und zu ihm herüberstarrte. Kein Surren ertönte. Und dann drehte er sich einfach um und entfernte sich von der Tür seines Verlags, um nicht verdächtig zu erscheinen.

Der Jardin du Luxembourg kam nun eigentlich nicht mehr in Frage. Die große, dichtbefahrene Straße am Ende der Rue Duguay-Trouin stellte sich als die Rue d'Assas heraus, aber auf dem Stadtplan seines Führers war die Rue Duguay-Trouin gar nicht verzeichnet, so daß er sich nicht sicher war, wo der Park sich befand – es war ihm nun ohnehin einerlei, ob er auf dem weitläufigen Rasen oder unter den Kastanienbäumen umherspazierte. Das alles gäbe es noch, wenn er nach Paris zurückkehrte. Auch die Sorbonne. Und das Panthéon. Er hatte sie noch nie gesehen. Aber man könnte nicht behaupten, daß er es bedauert hätte.

Er war unschlüssig, was er nun unternehmen sollte. Helen wäre jetzt wohl zum Schauplatz der Hinrichtungen aufgebrochen oder zu einer Bootsfahrt, vielleicht auch zum Louvre. Aber allein hatte er kein rechtes Interesse daran. Für eine Bootsfahrt war es zu kalt. Der Louvre wäre voller Japaner. (Er nahm an, daß die meisten Pariser den Louvre noch nie von innen gesehen hatten und einem auch nicht sagen konnten, wo die Sorbonne war. Die meisten Amerikaner hatten natürlich auch nie den Grand Canyon oder das Empire State Building gesehen.) Wahrscheinlich könnte er mit Hilfe des Stadtplans St-Sulpice finden und das, was von 21, Rue du Vieux-Colombier übriggeblieben war, und dann könnte er, wenn es die Zeit erlaubte, einfach mal so den Boulevard St-Germain entlangspazieren. Und wenn er irgendwo eine Telephonzelle sah, konnte er auch einen bestimmten Anruf machen, wozu er jetzt überraschenderweise die Gelegenheit hatte – ein verrückter Einfall, dem er nun nachgeben wollte.

Während der letzten düsteren Jahre am Wilmot College (er konnte sich nicht an die genaue Jahreszahl erinnern – er wußte nur noch, daß Bush damals Präsident war) hatte er sich noch während seiner Ehe mit Penny ein einziges Mal einen kurzen Seitensprung erlaubt. Es war für sie beide nichts Ernsthaftes gewesen, lediglich das plötzliche Aufeinanderstoßen zweier Menschen, die sich einem ansonsten unausgesprochenen, unreflektierten Bedürfnis hingaben (ein paarmal waren sie in seinem Mazda mit Fließheck zusammengekommen, ein-, zweimal auf dem kalten Fußboden seines Büros, einmal zu Hause in seinem Bett, einmal in ihrem). »Sie« war in diesem Fall Margie McDermott, die Frau eines Professors für Geschichte, die im Osten Ohios langsam den Verstand verlor – ähnlich wie kurz darauf Penny, vermutlich mit der gleichen Berechtigung.

Die Affäre mit Margie McDermott war so zu Ende gegangen wie sie angefangen hatte: plötzlich, aber ohne jedes Drama, ohne größere Diskussionen. Sie hatten sich eines Tages in einem Imbiß in einer Nachbarstadt von Wilmot getroffen, die ebenfalls am Ohio lag, und beschlossen, die Sache abzubrechen, da sie sonst beide nur riesigen Ärger bekommen würden. Sie sahen einander über die hohe Resopaltischplatte an und versicherten einander gegenseitig, daß sie mit ihrem Eheleben besser bedient seien als mit Ehebruch und wie schlau sie doch seien, daß sie so schnell zu dieser Erkenntnis gelangt waren. Nachdem sie ihre Sandwiches aufgegessen hatten, setzten sie sich in ihre Autos und fuhren in entgegengesetzte Richtungen davon, unendlich erleichtert, dessen war Matthews sich sicher gewesen, den heranpfeifenden Kugeln gerade noch ausgewichen zu sein.

Ein halbes Jahr später allerdings hatte Margie ihren Mann, Parnell, verlassen, ein Jahr später war ihm selbst dasselbe mit Penny widerfahren. Wenn sie das bloß damals schon geahnt hätten, so war es Matthews oft durch den Kopf gegangen, dann hätten sie zumindest einfach so weitermachen und das Leben noch ein wenig genießen können, bevor auf beiden Bühnen der Vorhang fiel.

Margie McDermott war direkt nach Paris gegangen und hatte einfach ihre drei Kinder bei Parnell in Ohio zurückgelassen. Es stellte sich heraus, daß sich in Paris einer ihrer ehemaligen Freunde vom Oberlin College als Maler durchschlug, jemand, von dem sie seit Jahren nichts gehört hatte, der ihr aber einmal gesagt hatte, bei ihm könne sie immer auftauchen, wenn sie mal in Schwierigkeiten stecke – und so war es auch gekommen. Margie wohnte ein halbes Jahr bei Lyle und seiner Freundin Brigitte, versuchte es mit allen möglichen Jobs, besorgte sich eine Wohnung, lernte Französisch, lieh sich Geld von Parnell und auch von Parnells Eltern und fand schließlich nach einigen Fehlschlägen und Tragödien eine Stelle bei American Express als Telephonistin, wo sie vierhundert Dollar die Woche verdiente.

Das alles hatte Margie Matthews geschrieben – in einem

Brief, der ihn aus heiterem Himmel an seiner neuen Adresse am waldigen östlichen Stadtrand von Wilmot erreichte. Er hatte keine Ahnung, wie sie ihn aufgetrieben hatte, auch nicht, warum sie Kontakt zu ihm aufnehmen und ihm so detailliert ihr neues Leben auseinandersetzen wollte. Sie hatten damals kein Wort mehr miteinander gesprochen, nachdem ihre Autos den Parkplatz des Imbisses am Marietta Highway im Jahr neunzehnhundertnochwas verlassen hatten. Ein-, zweimal war er Parnell Samstag morgens auf dem Markt begegnet. Er hatte einen traurigen, zermürbten Eindruck gemacht, inmitten seiner unglücklichen Kinder, die alle, so schien es Matthews, wie die verschwundene Margie aussahen und kein bißchen wie Parnell.

Margie hatte Matthews in ihrem Brief aufgefordert, sie jederzeit aufzusuchen, wenn es ihn mal nach Paris verschlüge. Sie sei nun in der Lage, so schrieb sie, einen ausgezeichneten *coq au vin* auf den Tisch zu bringen, und es tue ihr »unheimlich leid«, daß sie niemals »während jener verrückten Wochen« dazu gekommen sei, ihm eine »richtige Mahlzeit« zu kochen, zu der sie sich wie »zivilisierte Menschen gemeinsam an einen Tisch gesetzt« hätten. Sie hatte ihre Adresse und Telephonnummer beigefügt. »Ich wohne in einer eher schäbigen Wohnung in einer sehr eleganten Gegend. Im 6. Arrondissement.« Er hatte nie geantwortet.

Er hatte allerdings versucht, sich Margie McDermott vorzustellen: dünn und blaß, zartgliedrig, eine hübsche Brü-

nette, die immer Kordröcke und blaue Nylonstrumpfhosen trug und immer passiv schien, als nähme sie alles im Leben mit einer gewissen Resignation hin, was aber offensichtlich doch nicht ganz der Fall gewesen war. (Man konnte so etwas eben nie vorhersagen.) Er hatte sie sich in Ohio und dann später in Paris vorgestellt – Schauplätze, die er sich nur ausdenken konnte. Aber so unwahrscheinlich war diese Übersiedlung von Ohio nach Paris doch nicht gewesen. Auch wenn Margies schwierige, etwas bescheidene Existenz als Telephonistin bei American Express, die sie gegen ihr Leben als unglückliche, ehebrecherische Frau eines Professors und Mutter dreier Kinder eingetauscht hatte, wahrscheinlich ihre Neigung zur Blässe und Resignation hervorheben würde – nicht den abenteuerlichen Aspekt ihres Wesens, den vergnügungssüchtigen, schmaläugigen Aspekt bedingungsloser Hingabe, der sich ihm damals im Laderaum seines Mazda offenbart hatte.
Während er die Reise plante, war ihm in den Sinn gekommen, doch wenigstens einmal bei ihr anzurufen, vielleicht sogar kurz vorbeizuschauen, obwohl er wahrscheinlich nicht lange genug von Helen wegkäme, was dann auch egal wäre. Er hatte keine Ahnung, warum er Margie McDermott treffen wollte, da er nie das Bedürfnis gehabt hatte, sie wiederzusehen. Vielleicht hatte er den Einfall gehabt, weil es naheliegend war und weil er sich hier in Paris aufhielt und es noch nie in seinem Leben vorgekommen war, daß er eine Frau in Paris besuchen

konnte, auch wenn es sich dabei um eine Frau handelte, die er nicht unbedingt sehen wollte.

An der Kreuzung der Rue d'Assas und der Rue de Vaugirard bot es sich an, umzukehren und in Richtung des Luxembourg zurückzuwandern, womit er seinen ursprünglichen Plan wiederaufnehmen konnte. Aber er hatte keine Lust mehr, Sehenswürdigkeiten zu besuchen, und wollte nun ein Telephon finden und Margie McDermott anrufen, die hier ganz in der Nähe wohnen mußte, obwohl er ihre Straße – Rue de Canivet oder vielleicht Canivel – nicht im *Fodor's* finden konnte. Vielleicht war sie zu klein.

Er ging auf die belebte, mit Läden gesäumte Straße zu, die sich als Rue de Rennes herausstellte. Die hatte er auf seinem Stadtplan entdeckt, und sie schien auf St-Sulpice zuzuführen oder zumindest auf eine Straße ganz in der Nähe, bei der es sich offenbar um die Rue du Vieux-Colombier handelte, wo sich der berühmte Jazzclub befand und wo sicherlich auch ein Telephon sein würde.

Es war das letzte Wochenende vor den Weihnachtstagen, und das warme Wetter und der unverhoffte Sonnenschein hatten die Pariser auf die feuchten Gehsteige herausgetrieben. Sie drängten sich nun vor den Schaufenstern, wo es offensichtlich Sonderangebote gab, und warteten an den Bushaltestellen – irgendwohin unterwegs, wo alles noch günstiger war. Er fragte sich, ob hier das eigentliche Zentrum der Stadt sei oder ob Paris niemals ein Zentrum gehabt habe und eigentlich eine Ansammlung von Dörfern sei, die mit der Zeit durch den

Handel verbunden worden waren – wie London. Solche Fakten würde er allmählich herausbekommen. Vielleicht war die Vorstellung eines »Zentrums« etwas Amerikanisches, etwas, worüber die Franzosen lachen würden, wenn sie seine Gedanken erraten hätten, während er sich hier durch die Menge auf dem Bürgersteig drängte. Vor ihm, am Ende der langen, abschüssigen Straße (die mit Sicherheit zur Seine hinabführte) lag St-Germain-des-Prés und somit das Deux Magots, die Brasserie Lipp, das Café de Flore – einer der berühmten gesellschaftlichen Treffpunkte Europas. Einen berühmteren Ort gab es gar nicht. Descartes war in der Kirche beerdigt. Irgendein Zentrum mußte es schon sein.

An der Ecke der Rue de Mézières entdeckte er eine Telephonzelle vor einem *tabac*, wo Arbeiter an einer langen Theke Kaffee tranken und rauchten. Es war kein Münztelephon, aber Helens Reisebüro hatte vorausgedacht und für den Notfall zwei Telephonkarten besorgt, und eine davon hatte Helen ihm in Pittsburgh am Flughafen überreicht.

Die Karte ließ fünfzig saubere kleine Einheiten auf der hellgrünen Anzeige aufleuchten. Ein feuchter, kräftiger Wind wehte durch die Rue de Mézières, und als Matthews sich ihm zuwandte, sah er den hellen runden Turm einer Kirche, von der er annahm, es sei St-Sulpice. Hier in der Nähe des Flusses war es kälter – genau wie überall sonst.

Er hatte keine Ahnung, was er von diesem Anruf erwartete, und er war versucht, es einfach seinzulassen. Er würde

Margie ohnehin nicht sehen können, falls sie nicht zufällig um die Ecke wohnte – was natürlich sein konnte. Andererseits konnte sich Margie verändert haben. Das, was er in Ohio an ihr als wenig reizvoll, als perspektivlos empfunden hatte (und sie zweifellos an ihm), mochte sich in Paris gewandelt haben. Etwas, was aufgrund der Umstände verdeckt gewesen war und damals von niemandem erkannt werden konnte, hatte sich hier womöglich entfaltet. Alles war im Bereich des Möglichen. Zumindest konnten sie wieder Kontakt aufnehmen (immerhin hatte sie ihm geschrieben), einen Kaffee im Deux Magots trinken oder gleich hier im *tabac* und vielleicht etwas für seinen nächsten Besuch ins Auge fassen. Vielleicht erschien sie nach fünf Minuten in einem grünen Stoffmantel, atemlos und voller Erwartungen. Worauf sie dann in ihre »etwas schäbige Wohnung« eilen könnten und er erst nach Einbruch der Dunkelheit ins Nouvelle Métropole wiederkehren würde, vielleicht auch nie. Angesichts Helens Zustand war das natürlich unvorstellbar. Aber vor dem Spielzeugladen hatte es einen Moment gegeben, da hatte er daran gedacht, nicht zurückzukehren – einfach allein etwas zu Mittag zu essen, sich jene kubanische Zigarre zu kaufen und auf einen sehr, sehr langen Spaziergang aufzubrechen.

Margies Nummer stand in ihrer winzigen, krakeligen Schrift auf einem Fetzen Papier, den er in seiner Brieftasche aufbewahrte. Das Telephon klingelte einmal, zweimal, dreimal, und dann war Margie McDermott plötzlich am Apparat. »*Oui, c'est Margie*«, sagte sie mit einer nasalen, piepsigen Stimme, wodurch sie wie ein französisches Zimmermädchen klang.

»Hi, Margie, hier spricht Charley Matthews«, sagte er und war unerwartet aufgeregt, so daß er fast aufgelegt hätte und gegangen wäre. Vor ihm türmte sich nun die unglückselige Notwendigkeit auf, Margie McDermott zu erklären, wer er war. Die Worte »Wilmot College«, »Ohio«, »Weißt du noch?« – selbst sein eigener Name – wirkten flach und metallisch, als könnten sie einen bitteren Nachgeschmack hinterlassen. Er drehte sich um und betrachtete die Männer, die rauchend an der Theke standen, Kaffee tranken und sich leise unterhielten. Er wünschte sich, französisch sprechen zu können. Das wäre ideal. Englisch war nicht die richtige Sprache für eine derartige Unternehmung. »Charley Matthews«, sagte er noch einmal mit schwacher Stimme. »Erinnerst du dich an mich? Ohio?« Er spürte, wie erneut ein Lächeln unfreiwillig seine Mundwinkel dehnte.

»Natürlich«, sagte Margie fröhlich, wobei sie nun zum Glück ohne französischen Akzent sprach. »Wie geht's dir, Charley? Bist du in Ohio?«

»Nein«, sagte Matthews. »Nein, ich bin nicht in Ohio.« Und plötzlich wollte er nicht in Paris sein. Der Klang von Margies Stimme – unbedeutend, wächsern, trist – ließ alle vernünftigen Gründe, weshalb sie damals (wie lange war das nun her?) ihre kurze Affäre beendet hatten, dröhnend durch seinen Kopf hämmern. »Ich bin in Pittsburgh«, sagte er.

»In Pittsburgh?« sagte Margie. »Was machst du denn da?« Sie stieß ein seltsames kleines Lachen aus, als wäre Pittsburgh so etwa der merkwürdigste Ort der Welt, an dem man sich aufhalten könnte. Es ärgerte ihn.
»Ist egal«, sagte Matthews. »Ich hab bloß gerade an dich gedacht. Ist vielleicht etwas seltsam. Aber du hast mir ja deine Telephonnummer geschickt. Erinnerst du dich?«
»Ja, stimmt. Genau«, sagte Margie. Und dann herrschte einen Moment lang Schweigen, zumindest waren in der Leitung ihre Stimmen nicht zu hören. Um ihn herum war der Straßenlärm von Paris zu vernehmen, aber Straßenlärm klang überall gleich – wenn nicht im nächsten Augenblick eine Polizeisirene auf der Rue de Rennes losging. Wenn sie in der Nähe wohnte, würden sie beide vielleicht sogar dieselbe Sirene hören. Er würde dann den Hörer mit der Hand abdecken müssen. »Hast du vor, nach Paris zu kommen?« sagte Margie.
»Ach, ich weiß nicht«, sagte Matthews und blickte argwöhnisch auf die Rue de Rennes, auf der Autos, Busse und Motorroller vorbeirasten. Er hielt die Hand in der Nähe der Sprechmuschel, um sie schnell abdecken zu können. »Vielleicht eines Tages. Man kann nie wissen.«
Wieder herrschte Schweigen. In Pittsburgh war es gerade sechs Uhr morgens, überlegte er sich.
»Unterrichtest du noch?« sagte Margie.
»Nein«, sagte Matthews. »Das hab ich aufgegeben.«
»Seid ihr geschieden, Penny und du? Ich glaub, Parnell hat so was erzählt.«

»Noch nicht«, sagte er. »Aber bald.« Der kräftige Wind schlug ihm ins Gesicht. »Wie ist das Wetter in Paris?«

»Es ist sehr kalt gewesen«, sagte sie. »Aber heute ist es etwas wärmer. Es ist ganz schön. Parnell ist mit den Kindern hierhergezogen. Wir leben wieder zusammen. Es geht uns viel besser.«

»Wunderbar«, sagte Matthews und sah den unglücklichen Parnell vor sich, der in Wilmot drei gleich aussehende Kinder über den Bauernmarkt schleppte. Es kam ihm in den Sinn, daß er im Moment vielleicht selbst wie Parnell aussah. Kalt, verloren, etwas einfältig. Welche Gewalten hatten einen so unerwünschten Moment heraufbeschworen? Er könnte wahrscheinlich von Parnell etwas darüber erfahren, wenn er ihn dazu befragte.

»Also hast du nur mal so angerufen?« fragte sie mit munterer Stimme.

»Ja«, sagte Matthews. »Ich stehe in einer Telephonzelle.«

»In Pittsburgh ist es jetzt auch kalt, nicht?«

»Es ist windig. Wahrscheinlich so ähnlich wie in Paris.« Matthews starrte zum stumpfen Kirchturm von St-Sulpice hinüber, die zwei Häuserblocks entfernt lag. Auf dem Platz vor der Kirche war ein Blumenkiosk, wo Leute nach Weihnachtskränzen anstanden.

Zum dritten Mal war es still in der Leitung, diesmal besonders lange. Er schloß die Augen, und da schienen tatsächlich fünftausend Kilometer zwischen ihnen zu liegen. Er war in Pittsburgh. Er hatte sie aus einer Laune heraus angerufen. Er hatte einfach mal ihre Stimme hören wollen, um sich dann vorzustellen, daß etwas Außergewöhnliches stattfinden könnte. Als er die Augen öffnete, wünschte er, Pittsburgh zu sehen.

»Charley, stimmt irgendwas nicht?« sagte Margie. »Alles in Ordnung?«

»Ja, ja, alles in Ordnung«, sagte Matthews. »Die Leitung ist bloß schlecht – ich höre immer ein Echo.«

»Ich kann dich gut verstehen«, sagte sie.

»Ich freue mich, deine Stimme zu hören, Margie.« In dem blaßgrünen Feld stand inzwischen 40.

»Ich freue mich auch, Charley. Wir haben doch nichts Schlimmes getan, oder?«

»Nein. Auf keinen Fall. Es war alles bestens.«

»Aber es war schlau von uns, es rechtzeitig abzubrechen, nicht?«

Matthews wußte nicht, ob sie von ihren Ehen sprach oder von der Affäre – oder einfach von Ohio.

»Stimmt, das war schlau von uns«, sagte er.

»Ich würde dich gerne sehen«, sagte sie überraschend.

»Ich dich auch«, log Charley.

»Alles ist möglich, stimmt's? Weißt du, wenn du mal nach Paris kommst, mußt du mich anrufen. Okay? Parnell ist viel unterwegs. Er ist Vertreter. Die Kinder gehen zur Schule. Wir könnten sicher ein bißchen Zeit miteinander verbringen.«

»Das wäre schön«, sagte Matthews.

»Fände ich auch«, sagte Margie.

Er nahm an, daß sie log und wußte, daß auch er log –

aber das machte nichts. »Tja, ich muß nun wieder los«, sagte er. »Ich muß heute abend noch nach Wilmot zurück. Ich meine, heute morgen.«

»Heb meine Nummer auf, okay?« sagte Margie.

»Natürlich, bestimmt«, sagte er.

»Ich umarme dich, Charley. Bis zum nächsten Mal.«

»Ich umarme dich auch«, sagte Charley. »Und drück dich ganz fest.« Dann legte er auf.

Irgendwie war es ein Uhr geworden. Und er dachte an *soupe de poisson.* Die Pariser waren alle unterwegs zum Mittagessen und drängten in die Restaurants um St-Germain. Wahrscheinlich hätte er sich mit Margie zum Essen verabreden sollen, da er hungrig war und seit dem Clancy's nichts gegessen hatte. Aber wie hätte er mit Margie essen sollen, wenn er nicht einmal den Klang ihrer Stimme ertrug? Außerdem war er in Pittsburgh, nicht bloß um die Ecke – wo ihm inzwischen immer kälter wurde. Er überlegte noch einmal, sich eine *Herald Tribune* zu kaufen und allein essen zu gehen. Aber da die Restaurants alle voll waren, wären die Ober nun sehr beschäftigt und gereizt. Sein Französisch wäre nicht gut genug, und das Mittagessen würde von übellaunigem Gezeter und Mißverständnissen überschattet – wie in den Horrorgeschichten, von denen die Leute immer erzählten.

Er war schon viel länger unterwegs, als er Helen in seiner Nachricht versprochen hatte. Sie war inzwischen sicherlich wach und wunderte sich, wo er blieb – vielleicht war ihr auch wieder übel. Andererseits ging es ihr womöglich viel besser, und sie freute sich darauf, etwas Aufregendes zu erleben. Sie könnten zusammen in ein Restaurant gehen. Es erschien ihm nun seltsam, daß er auf den Gedanken gekommen war, nicht zurückzukehren und Helen einfach im Hotel sitzenzulassen.

Besser, er machte sich auf den Rückweg.

Mit der Metro käme er am schnellsten wieder zur Rue de Froidevaux. Mit der Metro kam man überallhin. Aber als er kurz vor dem *tabac*, in dem sich nun auch immer mehr Menschen drängten, stehenblieb und den Metroplan im *Fodor's* betrachtete, konnte er nirgendwo Froidevaux finden. Der Friedhof Montparnasse wäre ein guter Anhaltspunkt, aber er war nicht auf dem Stadtplan, und er konnte sich nicht an den Namen der Haltestelle erinnern, die Helen ihm genannt hatte. Vielleicht Denfert-Rochereau oder auch Mouton Duvernet, die er beide entdeckte hatte und die beide vertraut klangen. Aber wenn er sich irrte oder in eine Metro stieg, die nur an einigen Stationen hielt oder in die falsche Richtung fuhr, wäre er plötzlich am Flughafen. Es war zu riskant.

Er beschloß, daß es am besten wäre, die Rue de Rennes wieder hinaufzugehen, den Fluß hinter sich zu lassen und ein Taxi an der Metrostation Montparnasse zu nehmen. Oder sich zu Fuß zum Boulevard Raspail aufzumachen und die Löwenstatue wiederzufinden, wo er sich dann auskennen würde. So oder so würde er dreißig Minuten brauchen. So gut kannte er Paris bereits.

Diese Reise, dachte er, während er die kalte Straße entlangstapfte, hatte sich um etwas Bestimmtes drehen sollen, aber an dessen Stelle war etwas anderes getreten: es herrschte Lazarettatmosphäre. Das machte niemandem Spaß. Helen würde sich wahrscheinlich zu einem Problem entwickeln, von dem er nicht wußte, wie er es lösen sollte. Wenn sich ernsthafte medizinische Schwierigkeiten andeuteten, müßten sie die Reise natürlich abbrechen. Vielleicht könnte er Rex und Beatrice anrufen, falls Helen ihre Telephonnummer hatte. Oder einfach ins Krankenhaus gehen, so, wie sie es in Ohio gemacht hätten. In Krankenhäusern würden sie wohl Englisch sprechen.

Oxford war auf jeden Fall gestrichen. Er hatte in den letzten zwei Tagen nicht an Oxford gedacht. Er hatte sich darauf gefreut, diese über all die Jahre von ihm hochgehaltene Idylle einmal zu Gesicht zu bekommen, besser gesagt, zu verifizieren. »Die liebliche Stadt mit ihren träumenden Türmen«, wie Matthew Arnold geschrieben hatte. Er war vor fünfzehn Jahren ermutigt worden, hatte einen Essay über »Mont Blanc« geschrieben, in dem er Parallelen zu Thoreau herausarbeitete, zugleich aber Bedenken äußerte, was Shelleys Betrachtung der materiellen Welt als einer belebten anbelangte. Er hatte dafür eine kleinere Collegeauszeichnung erhalten. Aber das war's auch schon gewesen. Beim ersten Mal hatte er es nicht nach Oxford geschafft. Dies wäre der zweite Versuch.

Als er die Stelle erreichte, an der sich die Rue de Rennes und der Boulevard du Montparnasse kreuzten, blickte er zu dem Taxistand hinüber, von dem Helen und er am Tag zuvor zum Invalidendom aufgebrochen waren. Nun sah er dort eine lange Schlange. In Frankreich schienen immer mehrere Züge gleichzeitig einzutreffen, da mindestens dreißig Leute mit Koffern warteten. Nur ein Taxi fädelte sich aus dem Verkehr, um einen Fahrgast aufzunehmen. Er würde den ganzen Tag hier stehen müssen, und dabei waren es von hier aus höchstens zwanzig Minuten zu Fuß. Er könnte im Zimmer anrufen, aber das würde noch mehr Zeit kosten, und außerdem schlief Helen vielleicht noch.

Eher aus Versehen hatte er den Club 21 und St-Germain gestrichen. Wenn er nach Paris zurückkäme, würde alles anders sein; wenn sein Buch erst einmal veröffentlicht wäre – das Buch, in dem Helen vielleicht die ganze Zeit, während er durch die Stadt zog, gelesen hatte. Das nächste Mal käme er allein. Er würde sich auf andere Weise in der Stadt orientieren. Zum einen würde das schmutzige Nouvelle Métropole nicht mehr das Epizentrum sein. Er würde es vermutlich nicht einmal wiederfinden, und bei diesem Besuch war es sein »Zuhause«. Das nächste Mal würde er etwas näher zur St-Sulpice und dem Jardin du Luxembourg wohnen – im Herzen von Paris.

Er stellte sich vor, wie Helen in diesem Augenblick in ihrem engen, muffigen Zimmer *Das Dilemma* las, und vergaß dabei seltsamerweise, daß er selbst der Autor dieses Buches, daß er überhaupt Schriftsteller war – anders als noch vor ein paar Stunden, als er sich vorgestellt hatte,

dasselbe Zimmer für einen Monat zu mieten, um dort etwas Neues zu Papier zu bringen. Aber vielleicht war es ein gutes Zeichen, sich nicht selbst für einen Schriftsteller zu halten, überhaupt nicht zuviel über sich nachzudenken. Nur ein Angeber ging durch die Welt und gab sich als dies oder jenes aus. Selbstbezogenheit war der größte Feind.
Jedenfalls würde er nie über Paris – das wirkliche Paris – schreiben können. Er würde nie genug darüber wissen. Es könnte ihn lediglich reifer werden lassen, bestimmte Veränderungen in ihm hervorrufen, seiner Sicht der Dinge eine andere Farbe geben. Beispielsweise würde er Weihnachten nie wieder auf jene grobe, vulgäre, amerikanische Weise betrachten. Paris war als Erfahrung dazugekommen. Es war sogar möglich, die Hirnkapazität durch ungewöhnliche Erfahrungen zu erweitern. Die meisten Menschen nahmen nur ein Sechzehntel des Leistungsvermögens ihres Gehirns in Anspruch. Aber was würde passieren, wenn plötzlich ein Achtel aktiviert würde? Die Welt würde sich über Nacht verändern. Große Schriftsteller, so hatte er im selben Artikel gelesen, nahmen ein Viertel in Anspruch.
Der Granitlöwe lag nun genau vor ihm, inmitten des Kreisverkehrs des Boulevard Raspail. Die Denfert-Rochereau führte linker Hand ab. Das wäre die Metrohaltestelle gewesen. Auf dem Mittelstreifen der Rue Froidevaux spielten Kinder auf grünen Betonplatten Tischtennis, zwei auf jeder Seite. Hin und wieder wehte eine plötzliche Bö die Bälle von den Tischen, aber die Kinder sam-

melten sie wieder ein und spielten sofort weiter – wobei ihr Aufschlag immer hoch über den kleinen Betonwall hinwegsprang, der als Netz diente. Sie lachten und alberten herum: »*Allez! Allez! Sup-er, sup-er!*«

Er fragte sich, was mit dem Mann passiert war, den er gestern nacht beobachtet hatte. Jener Mann, der im Schlafsack in dem Grabmal übernachtet hatte. Entlang der Friedhofsmauer konnte er rötliche kahle Baumkronen sehen. War der Mann jede Nacht da, oder war er gestern das erste Mal über die Mauer geklettert, um Unterschlupf zu finden? Wenn man so tief gefallen war, kam man nie wieder hoch.

In der spärlich möblierten Eingangshalle des Nouvelle Métropole kam ihm gerade, als er durch die Glastür trat, ein Inder, vielleicht auch ein Pakistani, entgegen – als ob der Mann auf ihn gewartet hätte. Er war sich nicht sicher, ob er den Mann schon einmal gesehen hatte. Vielleicht, als sie angekommen waren. Ein Hotelangestellter. Er trug einen dunkelblauen Anzug, ein weißes Hemd und eine dunkelgrüne Krawatte; sein schwarzes Haar war präzise gescheitelt und gekämmt. Er lächelte etwas angestrengt, und Matthews konnte deutlich sein dunkles Zahnfleisch sehen. Er schien besorgt – vielleicht ging es darum, wie lange sie noch bleiben würden, oder es gab ein Problem mit der Kreditkarte; Dinge, die Matthews bereits mit anderen Angestellten des Hotels besprochen hatte, was diesem Mann aber offensichtlich noch nicht mitgeteilt worden war. Alles war geregelt. Er würde in zwei Tagen

Madame de Grenelle sehen und dann würden sie, wenn sich Helen gut genug fühlte, abreisen.
»Es gibt ein Problem«, sagte der indische Hotelangestellte auf englisch. Er kam direkt auf Matthews zu und stellte sich ganz dicht neben ihn, als wollte er gleich flüstern. Aber eigentlich sprach er zu laut. »Ein ernstes Problem«, sagte er. Matthews hatte sich bereits, was die Kreditkarte betraf, eine Antwort auf französisch zurechtgelegt.
»Was für ein ernstes Problem?« sagte er. Ein jüngerer Inder stand allein hinter dem Empfang, die Hände auf der Theke. Er starrte Matthews an und schien ebenfalls besorgt.
»Die Frau in Zimmer einundvierzig«, sagte der Inder und blickte kurz zum Empfang hinüber. »Es tut mir leid. Sie sind doch in einundvierzig? Ist das richtig?« Seine Mundwinkel zuckten kaum wahrnehmbar. Vielleicht unterdrückte er ein Lächeln. Was hatte Helen getan, worüber er sich so amüsierte?
»Es ist meine Frau«, sagte Matthews. »Sie hat Jetlag. Wenn Sie das Zimmer aufräumen möchten, können wir etwas essen gehen.«
»Es tut mir leid«, sagte der indische Hotelangestellte. Er stand mit vor dem Bauch gefalteten Händen da und blinzelte. Seine braunen Lippen zuckten wieder, und er brachte offensichtlich nichts anderes hervor. »Es tut mir leid«, sagte er noch einmal.
»Was?« sagte Matthews. »Was tut Ihnen leid? Was ist hier los?« Er sah den Hotelangestellten an, blinzelte ebenfalls, atmete tief ein, atmete aus und wartete dann darauf, daß

man ihm sagte, um was für ein Problem es sich hier handele, was nun auf ihn zukomme, welche Unannehmlichkeit er nun wieder auffangen müsse. Diese Angelegenheiten stellten sich immer gleich dar – man konnte sie nicht leichtnehmen, aber sie waren ziemlich schnell geregelt. Nichts konnte man je leichtnehmen. Dessen war er sich sicher, und wenn es das einzige war.
Und dann begann der Mann zu erklären, worin das Problem bestand.

Ihr Zimmer roch anders als zuvor. Die Vorhänge und das Fenster waren geöffnet worden, die Luft im Zimmer war kalt, roch aber dennoch anders. Nicht nach Tod, es war ein sauberer, beißender Geruch, als wäre das Zimmer irgendwann gründlich gereinigt worden – geschrubbt und aufgeräumt. Draußen bellte irgendwo ein Hund, ein langsames, entschlossenes Bellen – als hätte der Hund etwas gesehen, was er aber nicht erkennen konnte. Ein Rätsel. Etwas, was nicht in seine gewöhnliche Welt paßte.
Ihre Koffer waren immer noch dort aufgestapelt, wo er sie letzte Nacht nach ihrer Rückkehr hingeräumt hatte. In dem Zimmer hatte sich nicht viel verändert. Es hingen noch immer dieselben arabischen Bilder da. Das Neonlicht war angeschaltet worden. Eine leere Flasche Bombay Gin war aufgetaucht. Ein paar durchsichtige Gefriertüten, vielleicht vier Stück. Ein Aschenbecher mit zwei ausgedrückten Zigaretten. Ansonsten war aufgeräumt. Hatten sie das Zimmer geschrubbt? Wer hatte das Fenster

aufgemacht? Matthews merkte, daß ihm leicht schwindlig wurde.

Helen lag auf der Seite, die rechte Hand offen unter der Wange, die linke Hand irgendwo unter der Decke. Immerhin trug sie noch den hellrosa Pyjama mit den dunklen Paspeln. Ihre Brille lag auf dem Tisch neben den Gefriertüten und seiner Nachricht. Sie war sehr, sehr blaß, die Gesichtszüge erstarrt. Ihr dichtes Haar war nicht zerwühlt. Ihre Unterlippe schien sich unter die obere geschoben zu haben, wobei ihre Zähne wahrscheinlich darauf bissen. Sie wirkte wie im Schlaf.

Er hörte, wie im Flur die Fahrstuhltür aufging, dann Geflüster. Eine Frau und ein Mann. Plötzlich erschien eine junge Inderin in der Tür, eines der Zimmermädchen in einem losen Baumwollkleid ohne Gürtel. Keine zierliche Person. Sie beugte sich vor, sah zum Bett hinüber, schnappte kurz nach Luft und verschwand. Einen Augenblick später schloß sich die Fahrstuhltür.

Auf dem Nachttisch lagen zwei weiße Umschläge. Auf einem stand: »*s.v.p. – Hôtel Nouvelle Métropole SEULEMENT!*« Er setzte sich in den grünen Sessel und öffnete diesen Umschlag sofort. In ihm befand sich ein zusammengefaltetes Blatt Papier: »Ich selbst bin für mein Schicksal verantwortlich. Mr. Matthews ist nicht mein Ehemann.« Unterzeichnet mit »Helen Carmichael«. Ihr Reisepaß lag dabei.

Auf dem anderen Umschlag stand: »Mr. Matthews«. Auch darin ein zusammengefaltetes Blatt, auf dem er las:

Meine letzten Gedanken …
Ich beeile mich. Ich möchte nicht, daß Du zurückkommst und mich findest – noch am Leben! Der Tod ist mein kleines Geheimnis. Ich würde gerne in Frankreich bleiben. Versuch das bitte zu arrangieren. Ich gehöre einfach nicht mehr dazu. Zu den Lebenden, meine ich. So einfach ist das. (Das Zeug wirkt offensichtlich schon!) Ein gutes Leben bedeutet wohl, daß man sterben kann, ohne es zu merken. Oder sterben, ohne daß man jemanden kennt. Jedenfalls habe ich beides beinahe geschafft.
»Nur im Paradies darf der Tod die Schwachen nicht für sich beanspruchen.« Das ist ein Satz, den ich immer wieder gebraucht habe. Ich weiß gar nicht mehr, wo ich ihn gehört habe. Vielleicht im Fernsehen. Das Zeug wirkt tatsächlich, und wie.
Wir haben uns nie geliebt. Versteh das nicht falsch. Es wird diese ganze schwierige Situation für Dich einfacher machen. Eine Krebszelle ist bloß ein wuchernder Organismus. Ich habe sie mir als Roman vorgestellt, etwas, was das Leben in seiner Gesamtheit einfängt – und daß wir auf diese Weise etwas gemeinsam hätten. Aber so ist es nicht. Eine Krebszelle ist keine Metapher. Öffne den anderen Umschlag nicht. Bitte! Leb wohl. Viel Glück.

Alles Liebe,
Helen

Er konnte jetzt beide Türme sehen: den Montparnasse-Turm und den Eiffelturm, obwohl ihre Spitzen von tiefhängenden Wolken abgeschnitten waren. Nur deren untere Hälfte war zu erkennen. Er hatte natürlich angenommen, daß sie beide nach Hause zurückkehren würden. Und doch hatte sich diese Sache sehr schnell vollzogen, sehr, sehr schnell, sie hatte kaum der Planung bedurft. Er konnte sich nicht vorstellen, daß er lang genug weg gewesen war. Er hatte in der letzten Nacht gesagt, daß er sie liebe – und er hatte es ernst gemeint, aber sie hatte es nicht angenommen. Doch wenn sie einander nicht geliebt hatten, was war es dann? Und worin lag jenes spirituelle Element, das sie von ihm gefordert hatte, etwas, worauf er zu seiner Schande nicht gekommen war? Er hatte sie enttäuscht.

Er fragte sich, ob Helen in seinem Buch gelesen hatte. Nichts auf dem Nachttisch oder auf dem Fußboden wies darauf hin. Auch nichts auf dem Bett, nirgends. Wahrscheinlich war das alles als Witz gemeint. Jemand joggte um die Friedhofsmauer, im Uhrzeigersinn. Eine Frau in einem leuchtendgelben Sportanzug. Sie war sicherlich keine Französin. Die Franzosen waren anders: ihr Gang; ihr Tempo; die Art, wie sie Distanz hielten oder auch nicht. Eine Französin würde nie in einem leuchtendgelben Anzug um einen Friedhof laufen.

Tiefe Wolken ließen es schon früh dunkel werden. Der Hund hatte aufgehört zu bellen. Eine Kirchturmuhr läutete. Der Weihnachtsbaum hoch oben auf der anderen Seite der Rue Froidevaux erstrahlte kalt an diesem Spätnachmittag. Wieder hörte er auf der anderen Seite der Wand jene Geräusche, als ob dort Karten gemischt würden.

»Ihre Frau. Es tut mir sehr leid«, sagte der Hotelangestellte. Sie warteten alle. Die Leute, die hereinkamen, hatten es nicht eilig.

»Sie war nicht meine Frau«, sagte Matthews. »Aber – aber ich kannte sie sehr gut.« Er stotterte, was ihn erschreckte. Es war das erste Mal seit Jahren. Er hatte als Kind gestottert, auch andere Schwierigkeiten gehabt, er hatte nie schnell lernen können, aber das alles hatte er überwunden.

»Natürlich«, sagte der Inder und machte ein kleines keuchendes Geräusch – er sog kurz die Luft ein –, womit er wahrscheinlich sein Mitgefühl ausdrücken wollte.

Das genau bedeutete wohl die Ehe, dachte Matthews: Was man ganz am Schluß machte. Was man dachte, was man fühlte, was man sagte. Man hatte eine ganz andere Verantwortung. Ihm fiel plötzlich ein, daß er vergessen hatte, Blumen zu kaufen. Er hatte es sich vorgenommen und dann vergessen. Noch ein Fehler, und der Gedanke daran ließ sein Herz auf einmal schneller schlagen.

Draußen in der Nachmittagsluft flogen Krähen zwischen den Dächern und Schornsteinen und auch über dem Friedhof umher. Er war hungrig. Er hatte seit gestern abend nichts mehr gegessen. Später, dachte er, würde er ein Restaurant finden müssen, etwas in der Nähe, sein Französisch ausprobieren und allein essen.

Seine einzige weitere Europareise hatte ihn nach Spanien geführt. Nach Madrid, sagte er. Da war er fünfzehn gewesen. Neunzehnhundertvierundsiebzig. Mit einer Jugendgruppe. Sie hatten in der Nähe des Parque del Buen Retiro und des Prados gewohnt und waren, wie er sich erinnerte, den ganzen Tag immer nur umhergelaufen. Einen Teil der Reise war er natürlich krank gewesen. Aber am letzten Tag hatten sie ihn gezwungen, zum Stierkampf mitzugehen. Ganz gegen seinen Willen. Sie waren mit der U-Bahn zum Stadion gefahren und hatten in der Sonne gesessen, vor einer Horde alter Spanier, die sich mit Wein betranken. Nur Männer. Belegte Brote wurden herumgereicht. Insgesamt wurden sechs Stiere getötet, keiner davon sauber. Die meisten, so hatte er es in Erinnerung, wollten nicht einmal kämpfen. Oft standen sie einfach da und beobachteten, was mit ihnen geschah. Er hatte es schrecklich gefunden, erzählte er ihr, hatte versucht zu gehen. Aber alle, alle seine Schulkameraden, bestanden darauf, daß er blieb, er werde nie wieder so etwas sehen. Schließlich begannen die Leute mit Sitzkissen zu werfen.

»Ja«, sagte Madame de Grenelle. Sie hatte im Süden gelebt, wie sie erzählte. In einer Stadt namens Perpignan. Sie war ebenfalls zum Stierkampf mitgenommen worden.

Draußen in einem kleinen Park jagten Kinder mit Stöcken Tauben hinterher. Sie waren in der Nähe des Parc Montsouris. Madame de Grenelle bewohnte mit einer anderen Frau ein Haus, ein helles Reihenhaus, das in den Zwanzigern gebaut worden war, mit glänzenden knarrenden Parkettböden und hohen Fenstern an beiden Enden des langen ebenerdigen Arbeitszimmers. Auf beiden Seiten blickte man auf einen Park. An den Wänden waren Schwarzweißphotographien: afrikanische Frauen, wie er vermutete, die in einem schmutzigen Dorf auf der Erde saßen und Körbe flochten oder in einem trüben Fluß Wäsche wuschen oder Babys stillten. Alle starrten gelassen in die Kamera. Er hatte Blumen mitgebracht, violette Anemonen.

Madame de Grenelle war interessanter Abstammung, so viel konnte er feststellen. Sie war hochgewachsen und schlank, hatte schwarzgefärbte Haare, eine flache Nase, große Hände und hellblaue Augen. Vielleicht, so überlegte er, war sie Berberin – wegen ihrer Augen und weil sie einen langen marokkanischen Kaftan aus festem Stoff trug, der mit blauen und violetten achteckigen Ornamenten verziert war. Zumindest wirkte er marokkanisch. Ihr Vater war Anglistikprofessor in Toulouse gewesen.

»Wir Übersetzer haben kein eigenes Leben«, sagte sie amüsiert. »Wir leben vom Leben anderer. Manchmal recht ordentlich.« Sie lächelte. Sie saßen in der Mitte des langen Raumes auf Sesseln, dort, wo am wenigsten Licht hinfiel. Sie mußte etwa fünfzig sein. Sie rauchte amerikanische Zigaretten. Chesterfield. Seine Blumen standen in einer Vase neben der Packung. Er wußte nicht, was er ihr antworten sollte. »Ihr Buch hat etwas Realistisches«, fuhr sie fort. »Es ist faszinierend.«

Er wußte nicht, ob sie damit meinte, daß es sich auf wahre Begebenheiten bezog oder lediglich so wirkte. Er entschied sich für letzteres und sagte einfach: »Schön.«

»Es handelt sich wohl um Ihre eigene Geschichte. Das Dilemma.«

»Nein«, log Matthews.

»Nein?« sagte sie und lächelte ihn durchdringend an.

»Ich wollte, daß es den Eindruck machte, als wäre es eine wahre Geschichte.«

»Verstehe«, sagte sie. Sein Buch lag auf dem Tisch neben den Blumen. »›Dilemma‹ existiert so im Französischen nicht.« Sie zog an ihrer Zigarette. »Oft merkt man erst, wovon ein Buch handelt, nachdem man es geschrieben hat. Manchmal, nachdem es jemand übersetzt hat und es einem erklärt.«

»Könnte sein«, sagte Matthews. »Das leuchtet mir ein.«

»Ihr Buch wird auf französisch besser sein, glaube ich«, sagte sie. »Es muß witzig sein. Es muß noch witziger werden. Auf englisch fehlt noch etwas. Finden Sie nicht?«

»Ich fand es gar nicht so witzig«, sagte er und dachte an die Straßennamen, die er erfunden hatte. Die Teile über Paris.

»Nun. Ein Künstler erspürt in seiner Vorstellung eine Logik seines Werks, wo es gar keine gibt. Und oft bleibt das

Werk dann unvollständig. Es ist nicht einfach. Bloß große Genies können das zu Ende führen, was sie erdacht haben. Auf französisch sagen wir ...« Und sie sagte etwas, was Matthews nicht verstand, es auch gar nicht erst versuchte. »Sprechen Sie Französisch?« Sie lächelte höflich.

»Gerade genug, um alles falsch zu verstehen«, sagte er und versuchte, ihr Lächeln zu erwidern.

»Das macht nichts«, sagte Madame de Grenelle und schwieg einen Moment lang. »Also. Auf englisch ist es noch nicht ganz fertig. Weil man sich nicht auf den Erzähler verlassen kann. Das Ich, das sitzengelassen wurde. Während des ganzen Buches weiß man nie genau, ob man ihn überhaupt ernst nehmen kann. Das ist noch nicht deutlich genug. Meinen Sie nicht auch? Vielleicht sind Sie anderer Meinung. Aber vielleicht hat er ja seine Frau umgebracht, oder es ist ein langer Traum, ein Tagtraum, alles ein Trick – vielleicht gibt es auch noch eine andere Erklärung. Der Leser soll an der Nase herumgeführt werden.«

»Das könnte sein«, sagte Matthews. »Das könnte durchaus sein.«

»Die Frage der Zuverlässigkeit ist wichtig«, sagte sie. »Und genau dieser Aspekt bleibt unvollständig. Es wäre sehr, sehr schwierig gewesen, das zu lösen. Selbst für Flaubert ...«

»Verstehe«, sagte Matthews.

»Aber auf französisch kann ich viel deutlicher herausarbeiten, daß wir dem Erzähler nicht trauen sollten, auch

wenn wir es versuchen. Daß es sich um eine Satire handelt, die uns unterhalten soll. So etwas würden die Franzosen erwarten. So sehen sie die Amerikaner nämlich.«
»Wie?« sagte er. »Wie sehen sie uns?«
Madame de Grenelle lächelte. »Als etwas töricht«, sagte sie. »Sie begreifen nicht viel. Aber genau deswegen sind sie interessant.«
»Verstehe«, sagte Matthews.
»Ja«, sagte sie. »Aber nur bis zu einem gewissen Grad.«
»Ja, das begreife ich«, sagte Matthews. »Ich glaube, das begreife ich genau.«
»Das ist gut«, sagte sie. »Also. Dann können wir ja anfangen.«

Auf der Straße, der Rue Braque, glaubte er, die Metrostation finden zu können. Sie war in der Nähe des Boulevard Jourdan, wo ihn das Taxi abgesetzt hatte. Nahe einer Universität. Er hatte sich den Namen Denfert-Rochereau gemerkt. Irgendwann während der letzten Tage hatte er den Reiseführer verloren.
Die Kinder in dem kleinen Park jagten nun nicht mehr den Tauben hinterher, sondern saßen alle in einer Reihe auf einer hölzernen Parkbank bei einem winterlichen Picknick. Es war wieder warm. Er fand, er sollte jetzt die Zigarre kaufen, die er vor zwei Tagen, am Tag von Helens Tod, beinahe gekauft hätte. Er vermißte sie, hatte viel an sie gedacht, hatte sich gewünscht, daß sie nicht gelitten und mehr Zuversicht gehabt hätte. Sie hatte doch dazu-

gehört, dachte er. Es war nicht recht. Sie sollte hier sein, aber nun mußte es weitergehen. Es gab nicht mehr viel zu tun, ein paar Kleinigkeiten, bei denen ihm die Botschaft helfen wollte. Helen würde natürlich nach Hause überführt. Nur Franzosen konnten hier begraben werden. Sie hatten eine Schwester aufgetrieben. Er mußte lediglich Schriftstücke unterschreiben. Es war letztlich alles nicht so schwierig gewesen.

Und dann würde er nach Oxford weiterfahren – und anschließend, vielleicht erst nach Neujahr, nach Hause. Er hatte das Gefühl, einen langen Kampf hinter sich zu haben. Vieles, so ahnte er, hatte mit der Empfindung des Fremdseins zu tun, mit dem Einsetzen der Einsamkeit und einer Sehnsucht, falls er hierbliebe. Diese Empfindung lauerte hinter allen Gefühlen, die ihm angenehm waren. Man konnte zehn Jahre in Paris verbringen und nie dasselbe zweimal erleben, und doch würde man schließlich von beunruhigenden, sehnsuchtsvollen Gedanken heimgesucht.

Es war ein gutes Gespräch gewesen, auch wenn oft gar nicht mehr von seinem Buch die Rede war. Madame de Grenelle hatte Flaubert erwähnt, und er hatte versucht, sich an die ersten Zeilen von *Madame Bovary* zu erinnern: Ein Junge wird in eine Schule gebracht, ein Fremder. Waren das berühmte Zeilen?

Aber er hatte etwas gelernt. Er hatte eine neue Zeit in seinem Leben angefangen. Denn solche Zeitabschnitte gab es. So viel stand fest. In zwei Tagen war Weihnachten.

Helen und er hatten es nicht geschafft, sich ein Lied auszudenken. Und dennoch, so seltsam es war – bis Weihnachten wäre das alles vorbei. Er hatte nicht einmal seinen Eltern einen Brief geschrieben. Aber das nahm er sich nun für die verbleibende Zeit vor. Einen langen Brief. Er würde ihn schreiben, so gut er konnte, und keinen der komplizierten Sachverhalte auslassen, die erwähnt werden müßten. In diesem Brief würde er versuchen, ihnen all das zu erklären, was ihm hier widerfahren war und wie er sich seine Zukunft vorstellte.

James Salter

Lichtjahre

Roman · Deutsch von Beatrice Howeg

Dieser Roman ist das virtuose Portrait einer Ehe, geschrieben von einem Autor, der bereits jetzt zu den Klassikern der amerikanischen Moderne zählt. Es ist die Geschichte von Nedra und Viri, deren privilegiertes Leben in einem schönen alten Haus an einem Fluß in der Umgebung von New York um Dinnerpartys kreist, um Spiele mit ihren Kindern, Feiertage und Geschenke und fast perfekte Tage beim Picknick im Sommer, bei den endlosen Ferien am Atlantik oder beim Eislaufen auf dem winterlichen Fluß. Aber Salters zugleich poetischer und lakonischer Blick fällt auch auf die ersten Risse in diesem Gemälde einer Ehe, dieser Fassade einer vollkommenen Familie, die von Freunden und Verwandten so bewundert wird – Risse, die schließlich das harmonische Bild zerstören werden.

»Brillant. Satz für Satz ist Salter der Meister!«
Richard Ford

»*Lichtjahre* ist ein brillanter, bewegender Roman voller Wahrheiten.«
Edna O'Brien

Nadine Gordimer

Die Hauswaffe

Roman · Deutsch von Susanne Höbel

Ein junger Mann betritt das Haus einer Wohngemeinschaft, wechselt ein paar Worte mit einem auf der Couch liegenden Freund, ergreift die »Hauswaffe«, die Pistole, die in Johannesburg zum Schutz gegen Einbrecher fast in jedem Haushalt anzutreffen ist, und erschießt ihn. In diesem enorm spannenden und meisterhaft komponierten Roman geht Nadine Gordimer den Spuren einer Gewalttat und ihren Motiven nach, um die Gewalt selbst zu entschlüsseln.

»Bei aller Spannung verliert Nadine Gordimer nie ihre Konzentration auf die dramatischen Nuancen ihrer Gestalten, und ihre kühle Prosa verrät zugleich tiefes Mitgefühl. Die Botschaft dieses kraftvollen Romans ist überzeugend.«

Publishers Weekly

Ingo Schulze

Simple Storys

Ein Roman aus der ostdeutschen Provinz

Ostdeutsche Provinz Anfang 1990.
»Es war einfach nicht die Zeit dafür. Fünf Tage mit dem Bus: Venedig, Florenz, Assisi. Sie müssen mal versuchen, sich das vorzustellen. Plötzlich ist man in Italien und hat einen westdeutschen Paß. Man befindet sich auf der anderen Seite der Welt und wundert sich, daß man trinkt und ißt und atmet und einfach ein Bein vor das andere setzt, als wäre das alles selbstverständlich.« Mit einer Pauschalreise zur »anderen Seite der Welt« beginnt das zweite Buch des Berliner Autors Ingo Schulze, der im Jahr 1995 für sein Debüt *33 Augenblicke des Glücks* unter anderem mit dem »Aspekte Literaturpreis«, dem »Ernst-Willner-Preis« in Klagenfurt und dem Alfred-Döblin-Förderpreis ausgezeichnet wurde.

»Dies ist eine Prosa, die virtuos mit vorgegebenen Formen spielt, die verschiedene Sprachen spricht... Wie dieser Autor in seine künftigen Texte hinein- und wieder daraus hervortreten wird, dürfte eine der spannendsten Fragen der gegenwärtigen literarischen Landschaft sein.«
Helmut Böttiger, Frankfurter Rundschau zu
33 Augenblicke des Glücks

Chaim Lapid

Bresnitz

Roman · Deutsch von Markus Lemke

In einem Waldstück bei Jerusalem wird eine Leiche gefunden. Ihr fehlt ein Ohr. Keiner kennt oder vermißt den Toten, und auch die Polizei sieht offenbar keine Veranlassung, den Fall näher zu untersuchen. Zum Ärger seiner Vorgesetzten, die lieber mit der Aufklärung spektakulärerer Fälle glänzen möchten, besteht er darauf, den Fall der unbekannten Leiche zu untersuchen. Bis zur sprichwörtlich letzten Seite bleibt der Fall ungelöst und wird Bresnitz, und mit ihm der Leser, in die Irre geführt.

»Der Fall ist schließlich gelöst – und doch ist Bresnitz mehr als ein Kriminalroman. Es ist ein weises Buch, das täuscht und in die Irre führt. Ein exzellenter Ideenroman, mitreißend und bedrohlich.«

Ariana Melamed in Books